講談社文庫

ジニのパズル

崔《チエ》 実《シル》

講談社

目次

ジニのパズル

そこに、いない

その日も、いつもとなんら変わらない日だった。学校は、相変わらず残酷なところだ。

さっきまで受けていた生物の授業では、また、ジョンという線の細い、透明な影を持った白人の男の子が突然泣き出して、テーブルの下に隠れた。それで床に倒れるようにして寝転がり、仰向《あおむ》けの体勢で、駄々をこねる赤ん坊みたいに泣き叫びながら床をばんばん叩《たた》いていた。前にもそんなことがあった。ジョンは突然、泣き出す子だった。彼の感受性は、普通の人よりもうんと強いのだ。だからその時は、教科書に載っていたウサギの解剖図でも見てしまって傷付いたのかもしれない。もしかしたらジョンは、世界一優しい子なのかもしれなかった。

だけど学校ってのは本当に残酷なところだ。いや、学校というよりは、この世界なのだと思うけど、授業はこの世界と同じように止まることなく進んだ。まるで、ジョンなんて存在していないかのように。

あれほど泣き叫んでいるのに、誰の耳にも届いていなかった。うちの学校に勉強熱心な生徒はいないはずだが、その時は皆して、教科書に噛《か》み付くような姿勢だった。でも、興味を持って見ている訳じゃないのは丸分かりだったのだから、本当に異様な光景だった。まるで今朝、そうやって寝違えてしまったんだ、とでもいうような顔をしていた——その時、教室にいた全員が、だ。

ジョンがそういう子だってのは、学校中の人間が知っていた。だけど、それでもジョンと必ず同じテーブルに座ってしまう子たちがいた。そういう子たちは、ジョンが泣き叫んだ時に気が付いた――「そこに、いたのね」と。

授業が始まる前から同じテーブルに座っていたのに、まるでジョンがテレポートでも使って、突然そこに現れたんだ、とでも言い出しそうな感じだった。

彼らはもの凄《すご》く嫌な目をしていた。感染率が非常に高い細菌でも見るような目だ。それに触れたら、触れた所の指が腫《は》れて痒《かゆ》くなって、その日一日はとてもじゃないけどいい気分じゃ過ごせないだろうねって、どの目もそう言っていた。それでも別に席を移動する訳じゃない。移動してもしなくても、もう同じことだった。教室中が感染したような雰囲気だったからだ。

不思議なんだ。教室にはせいぜい二〇人程度しかいないはずなのに、私もジョンが泣き出して初めてそこにジョンがいたんだって気付く時がある。ジョンは泣いていない間は世界一、いや、宇宙一上手に姿を消すことが出来た。隠れんぼなんてやらせたら、毎回優勝するどころか、ジョンがまだ何処《どこ》かに隠れていることも忘れて皆は先に家に帰るのだろうな。次の日になったって、気付く人間がいるとは思えない。

学校のほとんどの人間は、廊下を歩いているジョンを見たことがないと言った。私もこの学校に転校してきて一年半経《た》つけど、ジョンが教室以外にいるところを見かけたことはない。教室に入って来るジョンの姿だって見たことがない。ジョンは気が付くと、どこかの椅子《いす》に透明な影を落としていた。

唯一先生だけは、何度かジョンのことを見た。あれだけ泣き叫んでいるのだから、一度も目をやらない方がもちろん可笑《おか》しな話なのだけど。でも、一度もジョンに視線を送らない生徒だっていた。特に、男の子たちはそうだった。見るだけで病気がうつるとでも思っているのかもしれない。

とにかくだ。先生は何度かジョンを見た。私はその時の先生の顔を、たまたま見てしまった。本当に、最悪な気分になった。まるでシーツに棲《す》み付いた忌々《いまいま》しいダニでも見るような目だった。それで、自分の息子じゃなくて良かった、と言わんばかりに外方《そっぽ》を向いて、他の生徒たちと同じように、ジョンがその教室にいないことにした。

そうして授業は進んだ。ジョンはより一層、声を上げて泣いた。その時、世界は失笑した。ジョンは、もっと泣き叫んだ。反対側の州で、ブッシュ大統領がより多くの軍をイラクへ送った。ジョンはもっともっと泣き叫んだ。同時期、私の英雄マイケル・ジャクソンが、性的虐待の容疑で逮捕された。ジョンは悲鳴をあげて地面を割るように叩いた。それでも変わらず、フンコロガシは糞《ふん》を転がし続けた。本当に、この世界は素晴らしい所だよ。

ジョンは暴《あば》れに暴れ、地響きを立て、いつかそこには地球の割れ目が出来てしまうのではないかと思った。だけど、ジョンはそんな偉業を成し遂げることなく、一〇分ほど経つとすっかり泣き止《や》んだ。無視された事実をかき消すように、まるで最初から泣いていなかったかのような素振りで、ぱらぱらと教科書をめくった。ジョンは最後にもう一度だけ、ウサギの解剖図を眺めた。もう泣きはしなかった。私は、同情した。ジョンから視線を逸《そ》らして、退屈な時間が早く過ぎてしまうように時計を眺めた。

靴

全校生徒のロッカーが並ぶ細長い廊下の床に腰を落ち着けた。廊下の端《はし》から端までは、ゆっくり歩いたって二分は掛からない。

ガムテープでぐるぐる巻きにしただけの悲惨な修理が施されたヘッドホンを耳にかけて、レディオヘッドのセカンドアルバム『ザ・ベンズ』を流した。そうして目の前を行きかう靴《くつ》を眺《なが》めるのが、私の日課だった。

地面に近い所にいるためか、雨の匂いが強く感じられた。その湿った憂鬱《ゆううつ》な香りは、私にとって蜜《みつ》のようなものだ。廊下は、皆の靴底が濡《ぬ》れているせいで滑《すべ》りやすくなっていた。だけど、それも、いつものことだった。

オレゴン州では、雨が降らないのは六月から八月までの夏のシーズンだけだ。それ以外はほとんど毎日、雨が降っていた。自殺する人が特に多い州だろうと思ったが、北に位置するワシントン州の方が多いのだと聞いた。

私は廊下がどれほど濡れていたって、そこに砂利《じゃり》が交ざっていたって、何も気にせず尻をつけて座った。

田舎と呼ぶほど田舎でもないが、決して都会とは呼べない緑に囲まれた小さな高校だった。学校から少し離れたバス停からダウンタウンの方へ二〇分も乗れば、幾つかビルディングがあって、有名なファッションブランドの店も少しは建ち並んでいる。でも、学校の駐車場の木にはリスが棲んでいるのだから、都会だなんて言えなかった。

この街では、買い物ができる店や施設は限られていた。行く先はどんな音楽を聴くかで決まった。親からの小遣いで生活している貧乏高校生が行く店は、ショッピング・モールの中にあるファスト・ファッションか、潰《つぶ》れそうな気配がある個人店だった。

それでも、全校生徒二〇〇人の靴が重なるなんてことはほとんどないのだから、本当に不思議だ。皆、それぞれに異なる靴を履《は》いていた。だから、毎日毎日、ロッカーの前に座って一日中靴を眺めて過ごしても、次の日にはそれが誰の靴かなんて忘れた。私が名前を呼んで会話をする子なんて、片手だけで数え終えてしまえるのだから、無理はない。

行きかう靴を眺めていると、少し離れた先からチップスが降ってきた。チップスは、これから次の授業に向かおうとしている学生たちの靴の間を転がりながら、なんとか踏み潰されぬよう逃げまどっていた。だが、哀しいことにそのあがきはわずか数秒しか持たず、チップスはスタッズの付いた黒いブーツによって一瞬で粉々に踏み潰された。それを見て、なんだか酷《ひど》く感傷的になった。チップスの死骸の一部を持ち去って行った靴の底を盗み見ようと視線で追いかけた。しかし、それもあっという間に視界の外へ消え去って行った。

皆の靴を、そうやって毎日眺めていると、靴の汚れやよれ具合にもセンスというものがあるのかもしれないと気付いた。汚れ一つにしても、味のある汚れだったり、ただの汚れだったりする。そして、その汚れと歩き方とを組み合わせると、何となく人間性が見えてくるような気さえした。例えば、ただの汚れた靴を履いている人の歩き方には、リズムがない。それに、地面から少し浮いているように見える。さだまっていないというか、周囲を気にしながら歩いているせいかもしれない。人の邪魔にならぬよう心がけていたり、面倒なことに巻き込まれないように気を付けていたり。靴の汚れは何かをしていた際についたものではなく、日常生活の中で気が付いたらあったものだ。一方、センスのある汚れた靴は、一歩一歩しっかりとかかとまで地に足をつける。リズムもあり、自信がみなぎっている。靴の汚れも、何か特別なことをしていた時についたものに見えてくる。運動や散歩ではなく、興味深い物語が潜《ひそ》んでいるのかもしれないと予感させられる。汚い靴を見た時に、汚れているよ、と言うか、その汚れどうしたの、と訊くか、そういう単純な差がある。

私は、この小さな高校のほとんどの人間を知らなかった。だから、本当に色んな靴を眺めては、こっそり貶《けな》しもしたけど、私のような数年間履き古したコンバース・シューズに、黒い油性ペンで『No Fun』と、セックス・ピストルズが一九七八年に最後に演奏した曲名を書くことで何か主張した気になっている、絵本のキャラクターを反対側に落書きしてある靴は、一番くだらないのだと思う。

酷く汚れているというより、もはや変色している。そんな靴を履く人間に、大した物語はないはずだ。それは誰がどう見ても、とっくに消費期限が切れた、ただの履き古した靴でしかないのだから。

So long

ひとりよがりに流れていく時間を、息を殺すように過ごしていると、マギーがやって来た。

片手のみで数え終えてしまえる数少ない友人だ。片手のみで、と言っても、五本ある指を全て使う訳じゃない。折り曲げる指は一本だけだ。

マギーは緑色の瞳をしていた。

『なに聴いてるの？』

マギーがそう紙に書いて渡してきた。

『今日みたいな日にぴったりの曲だよ』

私もそう紙に書いて、マギーに渡した。マギーはそれを読むと、紙を裏返した。

『今日は、どんな日？』

マギーは声には出さずにくすくす笑いながら、また紙を渡してきた。

私は一度立ち上がり、ロッカーの中からA４サイズのノートブックを取り出して、マギーと肩をくっ付けて座った。

『とても静かで、嘘《うそ》のように落ち着いているよ。こんな日は本当に長らくなかったな。マギーはどう？　今日はどんな日？』

『とてもうるさいわ。頭の中が、とてもうるさい』

『どうして？　何かあったの？』

『彼氏と別れそうなの』

私がそれを読み終えて顔を上げると、マギーは、参ったな、という風に肩をすくめた。そして、またペンを走らせた。

『あなたが羨《うらや》ましい。私も静かで落ち着いた日を過ごしたい』

私は、いいかな、と訊《き》くようにペンを指差した。マギーは、どうぞ、と手の平を返してペンをくれた。廊下を行きかう人たちの足は、止まることなく私たちの前を通り過ぎていった。

『でもね、今こうやってマギーと話していたら、哀しくなった。だってね、もう会えないから。今日は、最後の日なんだ』

『最後って、どういうこと？　何処か行くの？』

『うん。日本へ帰るよ』

『どうして急に？　家族に何かあったの？』

『ううん。家族は大丈夫。退学になっただけだよ』

マギーは口をあんぐりと開けた。前に、そんな顔をした深海魚を雑誌で見た気がした。

『どうして。退学になるようなこと、何もしていないじゃない』

『何もしていないよ。でも、本当に何もしなかった。それが問題だったみたいなんだ。この学校に来て、私は本当に何もしなかったんだよ』

私はそう書き返した。

『じゃあ、今からすればいいじゃない。どうにかならないの？』

『どうにかするつもりが、ないんだ。もういいんだ。学校は、私には合わなかった。ただそれだけのことなんだよ、きっと』

マギーは切ない瞳をした。その瞳には、何か悟《さと》ったような理解がこもっていた。いつもそうだった。たった一言告げただけでも、言葉の裏側を掬《すく》い取るようにして、理解を秘めた瞳で見つめる。特に、複雑にねじ曲がったような人の言葉に、深い理解を示した。でも、マギーの凄いところはそこじゃない。何かを察しても、マギーはそれを決して言葉にしなかった。誰のことも、肯定もしなければ否定もしない。いつだって、ありのままを受け取った。だから、私はマギーのことは本当に大好きだった。

『私も学校にいたくないな。あなただけよ。飽《あ》きずにこうして紙に書いて、やり取りしてくれるのは。他の子は、普通の人は、こんな面倒くさいことしたくないのよ』

『でも、そのせいでアートクラスでは怒られたけどね。あれは何を描く日だったたっけ。虹《にじ》だったっけね。二枚とも両面、全部文字で埋め尽くしちゃったんだから、ミセス・ピアースの顔は見物《みもの》だったたな』

マギーは文字を目で追いながら、その日のことを思い出すように無言で笑いだした。私も同じように無言で腹をかかえて笑った。別に、私は声に出したって良かった。だけど、マギーといる時は、私もつられて声を失った。

静かな空間を切り裂《さ》くように響いてきたのは、火災発生時のサイレンのような学校のチャイムだった。

『もう授業が始まったよ。クラスはないの？』

よっぽど大きな音なら、マギーにも少しは聞こえた。けど念の為、伝えておこうと思った。

『クラスはあるけど、サボっちゃおうかな』

マギーはおどけるように舌を出してみせた。そして、こっそりと廊下を見渡した。

『駄目だよ、そんなことしたら。退学になっちゃうよ』

　半分は冗談だったが、マギーは真剣に受け止めたようだった。

『卒業まで、もう半年もないのに。本当に酷い。こんなことってある？』

　マギーは、怒ったように拳《こぶし》を手の平で叩いた。それは、もしかしたら何かの手話だったのかもしれないけど。私は怒っているマギーを見て、なんだか嬉しくなった。私がいなくなることに関心を持つ人が一人でもいてくれて、本当に嬉しかった。そのことを伝えておけば良かったと後悔したくなくて、私は紙に書いた。

『でも、正直言うと、たった一人でも気に留めてくれる人がいて、今は幸せな気分だな。もちろん哀しくもあるけどさ。マギーに会えなくなることだけが、心残りだよ』

　マギーは横から覗《のぞ》き見るようにして、私のペンの跡を追った。私が書き終えると同時に、マギーはまるで素晴らしい案でも閃《ひらめ》いたかのように、両手を広げた。そして、私の手からペンをさっと奪い取ると、作曲でもするように体を揺らしながらペンを躍《おど》らせた。マギーが何か書いている間に私は再度立ち上がり、筆箱から別のペンを取り出した。

読んで、読んで、と急《せ》かすように、マギーはノートで私の膝《ひざ》を二回叩いた。

『卒業したら、アラスカへ行こうと思っているの。だから、旅行に来て。また、アラスカで会いましょう』

眼鏡の奥にある緑色の瞳がエメラルドのように、きらきらと輝いて見えた。

『アラスカ！　マギー、熊が出現した時の銃声に気付かないで、食べられちゃったりなんかしたらどうするの！』

マギーは肱《ひじ》で私の腕を小突くと腕を組んで、睨《にら》み付けてきた。

『冗談だよ、冗談』

『分かってるよ！』

そう書くと、マギーは小指を立てた。指きりをして、アラスカに来る、と誓《ちか》えと言ってきた。そんな誓い無責任だよ、と、私は困った顔をして肩をすくめた。それでも、マギーはしつこく指きりを求めてきた。だから、最終的にはアラスカへ行くと誓ってしまった。

マギーは満足気に立ち上がるなり、力のこもったハグをしてきた。座っていた時の至近距離のまま立ち上がったせいで、なんだか窮屈なハグになってしまった。マギーの髪の毛を、あともう少しで食べてしまうところだった。それに加えて、私の腕は、マギーの腕にがんじがらめにされたように閉じ込められていた。だから、きちんとハグを返すことは出来なかった。でも、なんとか腕を伸ばして、マギーの背中を二回軽く叩くことは出来た。

私から一度体を離し、別れを惜しむように二度目のハグをした。今度こそ、きちんとしたハグだった。マギーの背に腕を回すと、さすがに涙が出そうになった。私は仕方なくマギーの肩に触れ、くるっと半回転させた。そして強引に背中を押して、クラスに行け、という合図をした。マギーは、しょんぼりしながらも、やっと歩き出した。私は、少しだけほっとした。

廊下には、まばらに生徒が散って見えるくらいで、ほとんど人はいなかった。教室のドアと、校舎の入り口まで立ち並ぶ青いロッカーの間を、マギーは足音を鳴らさずに歩いた。一度だけ振り向いた。私たちは目を合わせるなり、力ない細い笑みを浮かべた。

次の教室に向かってとぼとぼ歩くマギーの後姿は、まるで群れに仲間外れにされた赤鼻のトナカイみたいだった。ちょっとだけ惨《みじ》めに見えた。でも、そう見えたのは、私が寂しかったからなのかもしれない。思わず、ポケットに入っていた煙草《タバコ》のライターをマギーの肩目掛けて投げた。ライターは見事に的中した。マギーは、豆鉄砲を食《くら》った鳩みたいに驚いて、その場でぴょんと飛び跳《は》ねた。

「アラスカ!」

私はそう声に出して言った。声に出さずに言うと、英語が母語じゃない私じゃ、口や舌の動きに失敗することが多かったからだ。

マギーは、また肯定も否定もしないまっさらな瞳をして、微笑《ほほえ》んだ。緑色の瞳は、本当に平和を象徴しているようだった。

廊下に落ちたライターを拾い上げると、仕返しするように投げ返してきた。私は、それを綺麗《きれい》に両手でキャッチした。

「アラスカ!」

そう口を動かしたマギーの言葉を、私もしっかりと受け取った。

選択肢

嫌味なほど重たい空気が流れていた。時折、校長はわざとらしく溜《た》め息をこぼしてみたり、咳払《せきばら》いをしたりしていた。狭い空間での三人以上の沈黙はあまり好きじゃない。せめて音楽でも流してくれれば良いのに。ロックを流せ、とは言わない。流してくれるなら、それが讃美歌であろうが文句はなかった。

校長室は、この高校で一番狭い部屋だった。事務室よりも狭く、デスクの後ろに座っている校長のミスター・ウォーカーを除いて、大人が三人も入ればもう部屋の中はいっぱいだった。その校長もクラスを受け持っているから、この部屋にこもるようなことはほとんどない。学校の事務的なことは、全てミセス・ミラーというお婆《ばあ》さんが代わりに行っていた。

扉に一番近い席に座って、全体を見渡すようにしていたのは、その陰《かげ》の校長であるミセス・ミラーだった。あまり面識はなく、初めて会ったようなものだ。白髪の短髪で、わざとなのか生まれつきなのかは分からないけど、とにかくカールのきいた巻き髪だった。わざとだとしたら、なかなか良いセンスだった。自分に似合うものを十分に分かっている。短髪にパーマだなんて、私にはそんな勇気はない。

ミセス・ミラーはファイルを幾つか抱えていて、何やら忙しそうにメモをとっていた。少し気が立っているようにも見えた。話しかける隙《すき》すら与えてくれない。こちら側とはしっかり壁を作った上で、言葉を発することなく十分な存在感を示しているのだから、性格は相当悪そうだ。彼女が書類に走り書きしている姿を眺めていると、まるで病院か警察署にでもいるようで気が滅入《めい》った。

本当に何もかもが演出めいていて、作り物のようだった。窓からこぼれるうす暗くて気力のない太陽の明かりも、窓際に置かれた植物も、壁に飾られている開校して最初の卒業生たちのセピア色の写真も、まるでこの瞬間の為だけに飾られた美術品のようだった。その写真の中のどの生徒も卒業式の青いローブ姿で、何人かは四角い帽子を自慢げに高々と空めがけて投げていた。その格好《かっこう》で、人のことを馬鹿にするように歯茎まで見せて笑っているのだから、益々《ますます》憂鬱な気分になった。

仕方なく、窓の外を眺めた。雨の雫《しずく》が窓ガラスに体当たりするようにぶつかって、無念だ、と嘆《なげ》きながら流れ落ちていった。前にも見たことがある光景だった。その時は、雨の雫ではなく、汚れた雑巾《ぞうきん》だった。でも、今は関係のない話だな。

「ジニ」

校長が名を呼んだ。多分、私の名だと思う。いや、私の名で間違いはない。

「何か言いたいことはあるかい」

校長は机の上で組んでいた両手を広げながら言った。ハリウッド映画でも観ている気分になった。ちょうどハリウッド映画には飽きていたから、尚更《なおさら》ガッカリした。

残念だ、という顔を隠すことなく、私はしっかりと二度、首を横に振った。

「いいのかい、それで。このまま本当に終わってしまうよ？」

校長は、しつこくそう訊いた。ミセス・ミラーは書類をめくった。

それを望んでいるのだ、と、言葉に出来ない代わりに、今度は深く一度だけ頷《うなず》いてみせた。

「ステファニーは、なんて言うかな。君は、そのことを考えたりはしたかい？」

「ステファニー？」私は訊き返した。

「そう、君の大切な人だろう？」

その通り。ステファニーは、私の大切な人だ。けど、それと退学に何の関係があると言うのか。退学を決めたのは、別に私じゃない。校長だ。ステファニーが哀しんだとすれば、それは校長のせいであるはずだ。それとも、私のせいだと言いたいのか。

面倒な話だな、そりゃ。肯定はしないけど、否定も出来ない話をわざと持ちかけられた時は、特に居心地が悪い。

椅子の肱掛けに右肱をついて、口元に手を当てた。これで鼻から下は一切見えない。返す言葉がない時は口を閉ざすだけでは気が済まず、念入りに隠してしまうのが癖《くせ》だった。

窓際に置かれた観葉植物よりも大人しく、光も水もいらないわ、といった生意気な態度で、吸う必要がないはずの酸素を吸い込むような演技をしている私に、校長は同情するような眼差《まなざ》しを向けてきた。ミセス・ミラーは、その様を冷ややかな表情で観察していた。

「分かった。今日は、もう帰りなさい」校長は言った。

……今日は？

「家でステファニーとしっかり話すんだ」

……何を？

「それでも、学校を諦《あきら》めると言うのなら、その時、本当に君を退学にする。その後で、やっぱりなんてことは出来ないよ。退学が決まったら、そこで本当に終わりだ。分かったね？」

全く分からなかった。

「どういうこと？　今朝、退学だと言ったじゃない。あれは何だったの？」

「退学だと思って午前を過ごせば、君が何かに気付くんじゃないかと思ったからだよ。だから、君にはチャンスを二度も与えるんだ。けど、三度目はない。チャンスは二度だけだ」

校長がそう言い終えるなり、ミセス・ミラーのペンの動きが素早くなった。新しい詩でも思い浮かんだように、もの凄い勢いで走り書きをした。

「さあ、もう行っていい。決心できたら、また来なさい。だけど、三日までだ。それ以上は、待たないよ」

校長はそう言い、私は部屋を出た。

この学校で一番くだらない靴を履く私の物語は、どうやら未《いま》だ笑えない皮肉のこもったコメディー映画のようだった。

鞄《かばん》を取りに、一度ロッカーに立ち寄った。多くの人のロッカーは、写真や有名人の雑誌記事の切れ端だとかが貼《は》ってあって必要以上に賑《にぎ》やかなものだが、私のロッカーはいつまでも真っ青のままだった。閉める時に鳴る錆《さ》びた鉄の音が、静かな廊下に響き渡った。少し離れた場所に立っていた、チア・リーダー部のキャンデスと一瞬目が合った。にこりと微笑み合うこともなく、私は学校を後にした。

外に出ると、いつもの、あの雨が降り注いできた。パーカーのフードを頭に被《かぶ》って、私は歩き出した。空はどこまでも灰色で、重苦しい。太陽は雲の陰から覗き見るように、時折私を眺めていた。

車が走っている通りまで出てしまうと、同じようにパーカーのフードを被った人たちと遭遇した。鼻の先から口元までしか見えず、まるで犯罪者のようだった。彼等は皆、ジーンズのポケットに両手を突っ込んで、雨に打ちひしがれるアスファルトをじっと見つめていた。私も、寒さでかじかむ両手をポケットの中で暖めた。

俯《うつむ》いているのは雨のせい。誰もが、そんな顔をしていた。彼等は、正しいのかもしれない。こんな空の下を、何食わぬ顔で歩く人たちに、人生に目的があってたまるか。

ステファニー

学校――あるいはこの世界からたらい回しにされたように、東京、ハワイ州、そしてオレゴン州と巡《めぐ》りめぐって来た私と不運にも出会ってしまったのが、ホームステイ先のおばさん、ステファニーだった。これはしばらく経って知ったことだが、ステファニーは地元では有名な、名前だけでなく顔まで知られている絵本作家だった。しかも、コールデコット賞受賞作家。だから『窪《くぼ》みのなかの少年』の表紙には、オリンピックの金メダルのような輝かしいステッカーが貼られていた。

ステファニーの家では、作業部屋だけでなく、あらゆる場所に中途半端に丸まった紙が転がっていた。思い浮かんだアイデアや絵をとりあえず紙に書きとめ、そのまま忘れてしまう癖があるらしく、ゴリラだとか知性の高い動物が描いたような解読困難な絵や、ノストラダムスの予言のような文章が、あちこちに落ちていた。最初に拾った紙には、こう書かれていた――『空が落ちてくる。何処に逃げる？』。

私は窓から空を見上げた。背筋がぞっとした。空は言うまでもなく、何処までも続いていたからだ。その空が落ちてくるの？　何処へ逃げよう。

私は何でも真に受けるような性格じゃないけど、その予言はなんだか恐ろしく思った。家の中を徘徊《はいかい》するように、他に丸まった紙はないか探した。何処に逃げれば良いのか、続きが書かれているかもしれないと期待したのだ。だけど紙は何処にも落ちていなかった。ステファニーに尋《たず》ねる訳にはいかなかった。落ちていたからといって、それを勝手に広げて読む子だと知られたら、答えを知る前に追い出されてしまうかもしれないと思ったからだ。

私は、答えを探さずにはいられなかった。次の日もその次の日も紙を探した。見つけたのはちょうど一週間後で、場所は便器の後ろ側だった。少し埃《ほこり》を被って転がっていた。私は構わず紙を拾い上げて、すぐに広げた。小さな妖精にも宇宙人にも見える男の子の絵が描かれていた。その男の子の表情は曇っており、まるで自分の顔が鏡に映っているようだった。

ステファニーは、いつも家にいた。作業部屋に一日こもって、用を足しにトイレに行く以外出てこない日もあれば、居間で迷子のように一日うろうろする日もあった。そんな日には私は何処にも出掛けず、決まって居間で読書をした。そして本の陰から、こっそりステファニーを眺めた。

はっと何か思い浮かんだ表情をしたと思えば、すぐに、あー、と声に出して落胆した。そうしている間は、ステファニーは私の存在に気付かなかった。裏庭の山が噴火して、火山灰が飛んできて辺りが真っ暗闇に包まれようが、焦《こ》げ臭い香りが雨と混ざって、悪魔のような異臭が家の中まで漂《ただよ》って来ようが、気付かなかっただろう。まるでステファニーと私は、異次元に存在しているようだった。私は、その境界を踏み越えるような真似《まね》は絶対にしなかった。

私が、一人で裏庭から続く山の中を探索しているのを見かねたのか、それとも作品に一段落ついたからなのか、ステファニーは思い付いたように、散歩でもしましょう、と、私を連れ出すことがあった。

初めての散歩は、私がハワイ州のカトリックの高校を追い出され、オレゴン州に来てから最初の夏、六月の終わりのことだった。

ステファニーが、一年中、雪が積もっているマウント・フッドのふもとまで車を走らせて、私たちは地元の人間でなければ見過ごしてしまいそうな納屋のような喫茶店に入り、風が何処からか運んできた馬の匂いを嗅《か》ぎながら大きなマグカップに入った熱々のココアを飲んだ。そうして一時間近くも沈黙したまま、ただただぼんやりと過ごした。

ステファニーとの沈黙の時間は、風に当たるのと同じくらい心地の良いものだった。そして、ココアを飲みきってしまったマグカップが空《から》になるのと同じくらい、自然でもあった。

その次の散歩では、八〇年代に公開された映画『グーニーズ』の撮影舞台になった、洞窟が浮かんでいる海辺に行った。クラムチャウダーを堪能した後に、田舎町を散策していた時、ステファニーは、ハワイの海とは全然違うのでしょうけど、と申し訳なさそうに言ったが、私はハワイの海なんかより何倍もオレゴンの海を気に入っていた。ハワイ州の、特にオアフ島の海はとにかくいつでも人で溢《あふ》れ、一人で静かに散歩をしたくても、必ず酔っ払いにからまれた。決して一人にはなれなかった。観光客で街は毎晩パーティー状態だし、観光客をひっかけようという地元の人間もいて、アジア人である私はそのどちらにもちょっかいを出された。だからある時から私は、一人で静かに過ごしたい時は、ホームレスの人たちが集《つど》っている海辺のテーブルの近くに居座るようになった。そこは唯一、誰からもからまれない場所だった。ホームレスのおじさんたちが遊んでいるチェスの駒が動く時の音が、波の音と重なって消えていくのを聞くのが大好きだった。

ホームレスの中には電動車椅子に乗った太ったおばさんがいた。おばさんがあまりにも太りすぎているせいで、今にも車椅子のタイヤが破裂してしまいそうだった。ハンドルやタイヤの脇には、人形やら荷物やらが入ったビニール袋が沢山ぶらさがっていた。おばさんの話し声は見た目からは想像しにくいほど穏《おだ》やかで、チェスの駒の音よりも静かだった。ホームレスの人たちは大抵、夜になると同じテーブルに集い、陽気にお喋りをして過ごしたが、突然、観光客に向かって叫ぶ男もいた。男はひどく痩《や》せていて、顔も少し窪んでいるように見えた。よれよれのシャツに、肌色の長いズボンを穿《は》いていた。垢《あか》で足は黒く変色していて、爪《つめ》の先は見ているだけで臭《にお》ってきそうだった。その男は両手を広げたり、時に誰かを指差したりして叫んだ。

「お前等《まえら》は、何も分かっちゃいない。笑いたきゃ笑えばいいさ。本当に面白いのなら笑えばいい。だけど、お前等には何も分かっちゃいないのさ」

その言葉を、私は今でも思い出す。

島の裏側へ行けば、もちろん夜に人なんていないし、とっても静かだった。だけど私には運転免許もなかったし、女の子が一人で出歩くには危険すぎた。だから、私は安全で静かなホームレスの人たちのテーブルの傍《そば》で海を眺めたり、音楽を聴いたり、日記を書いたりして充実した一人の晩を過ごした。

オレゴンの海は、昼間でもとても静かだった。壮大な海の両端にはいくつも山が見えて、気持ちのいい風が吹いていた。閑散とした町で、どの店も経営危機に陥《おちい》っていそうな雰囲気があったが、ドアを開けて中へ入ると店員は笑顔で迎え入れてくれた。余計な心配をして申し訳ない、と私は心の中で謝罪した。売っている物は主に土産物で、マグネットやペイントされた貝殻などが沢山並んでいた。唇《くちびる》の形をした真っ赤なグミもあった。店内にいた中学生くらいの女の子たちが、袋に入ったグミを自分の唇にあてて、お互いの顔を指さしながら軽くからかいあった後で、楽しそうに記念写真を撮って遊んでいた。私は、それを遠目で眺めながら、ハーミットクラブ（ヤドカリ）のコーナーの前で立ち止まった。生きているヤドカリの貝にもペイントされていて、これは彼等の望み通りの絵なのだろうか、しっかりと家のデザインまで見極めてから引っ越し出来ているのだろうかなどと考えたが、それをステファニーに訊いてみると、それよりも本当の家へ戻りたいでしょうね、と言った。私は、それからしばらく本当の家とは何なのかを考えた。そのせいで少し憂鬱な気分になって、帰り道はほとんど会話をしなかった。

やはりオレゴンの海が気に入らなかったのかもしれないと勘違いしたステファニーは、翌週、映画『スタンド・バイ・ミー』で主人公たちが歩いた線路に連れて行ってくれた。ステファニーとの散歩のお陰で、引っ越して来てわずか三ヵ月あまりで、私はオレゴンの魅力にどっぷりはまっていた。

「どうしてそこまでハワイを嫌うの」そうステファニーに尋ねられたことがある。

「ハワイと言えば、どんなキーワードが思い浮かぶ？」私は訊き返した。

「そうね。楽園、かしら」

「その通り。毎日、一日中、二四時間パーティー状態だよ。数日、もしくは数週間しかいない人たちがさ、こんな楽園にまで来て暗い顔すんなって笑うんだ。それに、学校にも似たような雰囲気があってね。観光客とはまた違うものだけど、温かい気候のせいで、教室にはだらけた空気が漂っているし、とにかく何もかもがスロウでさ。このままじゃ、馬鹿になっちまうんじゃないかって不安になったよ。常にぬるま湯に浸《つ》かっているような気分でさ。フラダンスも最初は好きだったのに、気が付いたら見たくもなくなってたよ。本当に救いようがないくらい嫌いになってたんだ。まるで不幸せな顔をしている人間は間違いだ、みたいな雰囲気がとにかく嫌いだった。なんだか不自然な気がしてさ。例えば、パーティーへ行ってさ、もちろんパーティーっていう場所は楽しむ場所だから楽しく過ごすのが当然なんだけど、その当然に合わせなければならない自分が、繰り返すけど、とにかく不自然だと感じたんだよ。そうなったらもう手遅れなんだ。楽しもうと思っても、もう遅い。歪《ゆが》んだ性格と言われればその通りだし、何も言い返す言葉なんてないけどさ。さあ、笑いなさいって言われて、笑える人間が気持ち悪いと思ったんだよ。あそこは、自分で言うのも変な話だけど、私みたいなへそ曲がりの人間にとっては地獄でしかないよ」

「歪んでいるというより、極端ね」ステファニーは率直に言った。

「まあね」私も同意した。

「でも言いたいことは分かるわ」ステファニーは付け足すように言った。

「私もパーティーは嫌いだからよ。楽しんでるかい、っていちいち確認されるのも嫌いだわ。楽しんでいるように見えるなら、そんなこと最初から訊かないでしょうし。それに、楽しんでいる訳ないでしょって返せば、怒っているみたいだし。とにかく気を遣うのよね。まあ、私は、もう行くこともないから良いのだけど」

ステファニーはそう言うと、意味深にくすくす笑った。

きっと学校で年に数回開かれるダンス・パーティーのことを言っているのだろう。もちろん私のような人間が行く訳がない。部屋で好きな音楽を流して、派手で動きづらいドレスなんかよりも、いっそのこと解放的な下着姿で、馬鹿みたいにベッドの上を飛び跳ねて一人で踊っている方がよっぽど楽しい。だけどステファニーは、それでも男の子に誘われたら行くべきだわ、と言った。しかし、私を誘うような男の子なんているはずもなかった。それ以前に、私のことを知っている人なんてどこにもいなかった。私は、ウォールフラワーですらない。本当に、ただの透明人間だった。そして、また、そうあるよう心がけていた。

ステファニーと話していると、不思議ととても心が落ち着いた。ステファニーも透明人間なのではないかと思えた。私と違って、ステファニーのことを知る人間は沢山いたけど、本当の彼女を知っている人がいるようには見えなかった。それに、ステファニー自身、本当の自分を隠しているように思えた。だけど、私は見つけた。誰にも見つかるまいと、山の奥でひっそりと暮らしていたステファニーを見つけた。地球の裏側まで響くような声で、ドラゴンは本当にいたんだ、ドラゴンはこの世に実在していた、と、そう叫びたくなる衝動に何度も襲われた。しかし、私は我慢をした。彼女は非常にデリケートで、繊細な心を持ったドラゴンだったからだ。それに、こんな秘密を、そう易々と人に教えてしまう訳にはいかない。私は優越感にも似た感情に酔いしれていた。

その夏の最後の散歩で、ステファニーは、マルトノマ・フォールズを見に行きましょう、と言って山の中へ車を走らせた。狭くて何処までも続く山道からは、ワシントン州とオレゴン州の境に流れているコロンビア・リバーの見事な景観を眺めることが出来た。その道はヒストリック・コロンビア・リバー・ハイウェイといって、米国運輸省によってオール・アメリカン・ロードに指定されている有名な道らしかった。写真に納めようだなんて気を失くすほどの壮大な景色に胸をうたれ、いちいち感動し、圧倒され続け、しつこいほど息を飲み込んだ。この完璧ともいえる美しい川を隔《へだ》てて向こう側がワシントン州なのだと思うだけで何だかわくわくして興奮したが、山の中を走っている間に野生の鹿とも出くわし、私の中のわくわくは、風船がふくらんで、とうとう破裂した時のような衝撃をくらい、窓から顔と手を出して大騒ぎをした。運転に集中しなければならないステファニーは、危ないからしっかり椅子に座りなさい、と、まるで幼稚園児を叱《しか》るように言った。

ステファニーは車が数台停まっている広場を左折して、駐車場に車を停めた。両手をうんと高く広げて気持ち良さそうに体を伸ばし、運転で固まった体をほぐした。そして、ビスタ・ハウスよ、と、振り向きざまに言った。

私たちは、コロンビア・リバーと、その先にあるワシントン州を眺めた。車を停めた駐車場の中央には小城のような展望台のような、あるいは展望台の屋上部分のような小さな八角形の石造りの古い建物があった。その日、入り口には立ち入り禁止の口ープが張られていた。エメラルドのように美しい屋根や、各所に張られた大きな窓ガラスが印象的な建物だった。ステファニーになんという建物なのか尋ねると、これがビスタ・ハウスなのよ、まるで私の話を聞いてないわね、と笑った。だから私は、これがハウスな訳ないわ、と言い返した。

私たちはビスタ・ハウスの周りをぐるりと三六〇度歩いた後、再び巨大なコロンビア・リバーの迫力に息を飲んだ。川は、山と山のあいだ、うっすらと霧のような雲の陰から、雄大でなだらかな姿を現していた。私は川のもっと奥、始まりの部分を想像した。すると、なにか神々しいものの存在を感じた。その瞬間、神の顔をした水の塊《かたまり》が大きな口を開けて、山も雲も、鹿も空を飛んでいる鳥たちも、私たちもろとも全てを飲み込んで、海へ流し去ってしまう光景が思い浮かび、恐ろしくなって身震いした。人の心なんて簡単に打ち砕けるほどの破壊力と、破壊した後で全てのピースを綺麗に並び替えてくれるような神秘の力を持った、広大な景色だった。

コロンビア・リバーを見下ろす高さ二三〇メートルほどの断崖に私たちは立っていた。水面の方へ目をやると、ワシントン州側の川辺で野生の鹿が三頭、水を飲んでいるのが見えた。私はそれをステファニーに教えてあげたが、ステファニーは目が悪くて見えなかった。

「あなたの目は良すぎるわ」ステファニーは羨ましそうに呟《つぶや》いた。

それからワシントン州の山の中にあると思われる線路の上を走っている貨物列車のことも教えてあげた。

「どんな列車かしら」ステファニーはゲームでもするかのように楽しそうに訊いた。

「おもちゃ屋さんで売っているのと同じだけど、それよりももっと小さい列車。子供用っていうよりは、こびと用のおもちゃかな。それに、私の小指ほどの長さしかない」

「じゃあ、こびと用にしては少し大きいわね」

「かもね」

私とステファニーの間では、こびとは全長一三センチということになっていた。

「小型犬用の白い骨の形をしたガムよりもはるかに小さい列車だから、多分なにも入っていないよ。あの中はきっと空っぽだね」

「さあ、分からないわ。もしかしたら、百人くらいの本当に小さな小さなこびとたちが缶詰状態で乗っているかもしれないわ」

「列車に缶詰？　それは東京かインドの電車、もしくはアウシュビッツ行きの列車だね」

「まあ、大変」

「ねえ、ステファニー。ここにいよう。滝のことは忘れてさ」

「駄目よ、マルトノマ・フォールズには行くわ」

「どうして。ここは完璧なのに」

「あら、まだ滝を見てもないのに、ここが完璧だなんて言えないわ。帰りにまた寄りましょう。どうせこの道はまた通らなければならないのよ」

　そう言って、ステファニーは駄々をこねる私に車に乗るよう命令をして、ビスタ・ハウスを発《た》った。マルトノマ・フォールズに着くまでにも幾つもの小さな滝があった。そのどれもが最高に美しかった。私は、小さな木の枝を見つけては、それで葉をつっついたり、石を見つけては池の中へ投げたりして子供のようにふざけていた。ステファニーは本当の母親よりも母親らしい目で、私のことを微笑みながら見ていた。だから私は調子に乗って、沢山の石を小さな滝壺を目掛けて投げた。水を怒らせてはいけない、と、ステファニーはさすがに怒った。

目的地のマルトノマ・フォールズは確かに素晴らしい滝だった。だけど、その滝にまつわる昔話を聞かされたとたん、その滝があまり好きではなくなった。昔むかし（だけど、人間がすでにくだらない見栄だとか、根拠のない噂《うわさ》に振り回されていた頃）その周辺に住んでいた部族の間で死の病が流行し、どうしてか首長の娘が崖《がけ》から飛び降りて神に命を捧《ささ》げれば、病の蔓延《まんえん》を食い止められると言われた。それを信じた首長はその通り、娘に崖から飛び降りるよう指示をし、また娘もその通りに身を投げた。しかし、娘の死を目《ま》の当たりにした首長は哀しみに心を引き裂かれ泣き通した。そして、娘の死が意味のある死であったという証《あか》しをくれ、と神に懇願した。その時、断崖から突然水が流れ出し、そして今の美しくて細長い滝が出来上がったのだという。昔話は好きだが、この手の話は本当に好きじゃない。身投げをしたという娘さんに両手を合わせて、黙禱《もくとう》を捧げた。

それから、ビスタ・ハウスに戻ろう、としか言わない私に呆《あき》れて、ステファニーはやれやれといった風に頭を横に振ったが、結局、車を引き返してくれた。

私たちは日が沈み始めても、駐車場に私たちの車しかなくなっても、ビスタ・ハウスから動かなかった。二人で車の屋根に腰を下ろし、惚《ほ》れ直したように息をこぼしては、その感動を逃すまいと、また息を飲み込んだ。幾度コロンビア・リバーの端から端を見返しても、同じ景色を二度見ることはなかった。

「空色は心模様」私はそう日本語で呟いた。

「なに？」

「同じ景色を見ることがないのは良いことだね。同じ気持ちではないということだから」

「あら、良いこと言うわね」ステファニーは感心するように言った。

空は赤く染まり、オレンジ色と混ざっていった。そして徐々に紫色になり、そこにピンク色も加わったと思ったら、あっという間に深い青色へと変わった。気の多いアーティストのようだ。空はすっかり暗くなり、うっすらと星が出てきた。私は、日本にいる古い友人を思い出した。

「ねえ、ジニ。一つ訊いてもいいかしら」

ステファニーは私と同じように夜空を眺めながら言った。私は小さく頷いた。ステファニーの視線を頬《ほほ》に感じた。

「どうぞ」私は返事をし直した。

「あなた、ここに来る前に何かあったのかしら」

「何かって、例えば？」

「分からないわ。ただ初めて空港で会った時からずっと思っていたの。あなたは、とても哀しい目をしているわ」

「哀しい目――？」

「もちろん、話したくないなら話したくないと正直に言っていいのよ。ただそう感じただけよ」

「ステファニーは、やっぱり凄いや」私は素直に感じたままを言った。

「何かあったのね」

「多分、あったのかもしれない」

　私が適当な答えを返したせいで、ステファニーはそこで一度、質問するのをやめ、またぼんやりと星を眺めた。しかし、何か思い出したようにまた口を開いた。

「辛かったわね」

「うーん、多分ね」

「泣いたりは、あまりしないのかしら」

「そんなことない。でも、もう散々泣いたから」

「そう」

「だけど、そうだな。泣くのは、あまり好きじゃない」

「何があったのか訊いてもいいのかしら」

「それは――。もの凄く小さくて、もの凄く大きなことだよ」

「あら。またそうやってじらすのね」

「じらしてなんてないよ。事実なんだから」

「分かったわ。いいのよ。気にしないで」

ステファニーのその言葉を最後に、しばらくの間、私たちは口を閉ざした。

山と山の間を風が吹き抜けて、コロンビア・リバーを辿《たど》って私たちの元に到達すると、戯《たわむ》れに私の髪に触れ、さらりとその隙間を通り抜けて、あっと言う間に遠くの方へ流れていった。風が何処かへ消えてしまうと、心に穴が開いたように寂しくなった。

「ごめんなさい。少し立ち入り過ぎたようね」ステファニーが言った。

決まりの悪そうな言い方は、去って行った風のせいだったのかもしれない。

私は、ゆっくりと星空から視線を落とし、今は黒ずんで見えるビスタ・ハウスの美しかったエメラルドの屋根を眺めた後で、ステファニーの目を見た。ステファニーの瞳は、オレゴンの空とは違い、澄んだ灰色をしていたが、今は暗闇の中で、私の瞳と同じような色をしていた。

「日本には私のような日本生まれの韓国人が通える学校が二種類あるんだ」

私は、そう靴紐を指でなぞりながら言った。

「もちろん日本の学校にも通えるけどね。コリアン系の学校もあってさ、南側の韓国学校と、北側の朝鮮学校がある。私はその北側の朝鮮学校に通っていたんだ。韓国学校は一校しかないし、生徒たちは韓国生まれの子ばかりで、日本生まれの韓国人なんてほとんどいないんだよ。朝鮮学校は、日本生まれの朝鮮籍や韓国籍を持った子たちが通う学校なんだ。すごく混乱しやすいと思うけど、ここまで大丈夫かな」

「ええ、なんとか」

そう答えたステファニーの眉間《みけん》には、少ししわが寄っていた。私は構わず続けた。

「でも色々あって。本当に、色々あってね。朝鮮学校の教室に飾ってある金日成《キムイルソン》と金《キム》正日《ジョンイル》の肖像画を取り外して、叩き落として割った後に、ベランダから投げたんだ」

ステファニーは驚いて息をのんだ。

「誰にも話したことないよ。話しちゃいけないって、そう言われているから。でも、そう言われてなかったとしても、話せるはずがないんだ」

「どうして？」

「私がしたことは、本当に間違っていたんだ」

「ジニ、私には何も分からないわ。だけど、もし、それが事実だとしたら、あなたはいつか絶対に話さなければならないわ。たとえそれが私でなくても、誰かには、絶対によ」

ステファニーは、そう言い切った。

果たして本当にそうなのだろうか。私は、物思いにふけるように、空を見上げた。

その時、突然思い出した——ステファニーの、あの予言を。訊くなら今しかなかった。

「空が今にも落ちて来そうだ」私は恐る恐るそう口にした。

ステファニーも空を見上げた。星を見ているようにも、暗闇を覗いているようにも見えなかった。もっともっと奥深い、夜空の先にある何かを見つめているようだった。

「空が落ちる？　面白いこと言うわね」

ステファニーは、とぼけるように言った。

「もし……本当に、空が落ちてきたら、何処へ逃げよう」

私は今度こそ核心に迫るようにして訊いた。

「相手は空よ。逃げ場なんてないわ。その時には空を受け入れましょう。逃げてはダメよ」

ステファニーは当たり前のように言った。私はガッカリした。空を受け入れることで何が変わるというのか。受け入れたところで、潰されて死ぬだけじゃないか。

だけど、もしかしたら、ステファニーの言う通りだったのかもしれない。空が落ちてくるなら、あの時、私は空を受け入れるべきだったのかもしれない。

告白、親愛なる紙へ

いつか誰かが言っていた。よく笑う人間は、沢山傷付いた人だと。心から優しい人間は、本当に深い傷を負った人なのだと。でも、と私は考える。沢山傷付いた人間が、数え切れないほどの人たちを自分以上に傷付けてきた場合、それは果たして優しいと言えるのだろうか?

自分の傷を言い訳に、よりによって最も大切な人たちを、傷付け、騙《だま》し、欺《あざむ》き、追いやり、日の当たらぬ闇の底へ——自ら這《は》いつくばって抜け出すしかない奥底まで突き落とした人間。

それが私だ。

これは、そんな私の物語なのだ。

人生の歯車が狂い始めたのは、五年前のことだ。私にとっては前世と同じくらい遠い過去の話だ。だから、記憶はとても断片的で全部を覚えている訳じゃないけど、今日は何だか色々と思い出せそうな気がする。退学のせいかもしれない。フラッシュバックが酷いんだ。頭痛もするし、吐き気までしてきた。理由なんかどうだっていいけど、ただ、頭の中で中途半端に流れてくる映像が止まればいい。ただ、それだけだ。

他に望んでいることなんて、何一つない。だから、誰かがこれを読むことなんてないと思うけど、もし、そんなことがあったのなら、私の物語から何かを学べるかもしれないなんて思ったら、とんだ大間違いだ。初めに言っておく、ここから学べるものなんか、何一つありはしない。

最初の登校日

一九九八年四月——東京で一番大きな朝鮮学校の体育館に、私は初めて足を踏み入れた。春の香りが漂う、晴れ晴れとした陽気に恵まれた清々しい日、だったと思う。小鳥の囀《さえず》りが聞こえた、とまでは言わないけど、雨が降っていなかったのは、確かだ。

その体育館は、きっと日本のどの学校よりも大きいのではないかと思う。十条の朝鮮学校の体育館には二階席もあって、まるで劇場のように赤い椅子がぎっしりと並んでいた。シャンデリアこそないが、一階からその赤い椅子に座って舞台全体を眺めるようにしている両親を振り返って見ると、そこが学校なのだということを忘れそうになった。

今はまさに入学式の真っ最中なのだと思い出させてくれたのは、真っ黒なチマ・チョゴリだった。着慣れない服のせいで、むず痒い思いだった。だけど、足首がやっと見えるほどの長さのスカートのおかげで、大股を開いても悲惨な光景にならないのは悪くなかった。

金日成と金正日は、誇《ほこ》らしげに微笑んでいた。大舞台の真っ赤なカーテンが開かれていて、そこに彼等の巨大な肖像画があった。日本学校から転校してきた私にとって、それは異様な光景だった。

けれど、これから同じ教室で、長い時間を共に過ごすのだろう生徒たちは何食わぬ表情で、平然と座っているように見えた。まるで私だけが、どうにも拭い切れぬ違和感を抱いているようだった。

入学式では、スーツを着たオッサンや、派手な色のチマ・チョゴリを着たオバサンが次々と演台に立ち、まるで今日が言葉にはしようのない素晴らしい日だとでもいうような表情で、しばしば両手を上げて熱い演説をしていた。誰もが聞き入っているように見えた。私にはサッパリだった。全て朝鮮語だったからだ。あと数十分もすれば、闘《たたか》いようのない飽きと睡魔に襲われることになるだろうと予感した。そして、その予感は見事に的中し、私は入学式が終わるまで深い眠りに落ちた。

目覚めたのは、静かな体育館に響いた椅子の音のせいだった。見渡すと、全員がその場に起立していた。私も慌《あわ》てて立ち上がった。正面には変わらず、金日成と金正日の肖像画がある。それを見上げるような形で、全校生徒そして教師と思われる者たちが歌い出した。それは朝鮮学校の校歌だったのだと後で分かった。私は口を閉ざしたまま、ただ呆然《ぼうぜん》と立っていた。

意味不明な歌は、四分ほど続いた。歌が終わると、拍手喝采が沸《わ》きあがった。

そうして私は晴れて、中学一年生になったようだった。

一年一組、異例のクラス

「さあ。皆に挨拶《あいさつ》をして。恥ずかしがらないで良いのよ」

ピンク色と黄色の派手なチマ・チョゴリを着た担任のリャン先生が日本語と朝鮮語を交ぜながら、そう言った。私は、これからとんでもない恥をかくことになるのかもしれないと思いながら、重い腰を持ち上げて教卓の前に立った。

教室にいた全員の視線が私の顔に集中した。温かい視線ではなかった。まるで珍しい骨董品でも眺めるような目で、本当に価値があるのか、それともただのガラクタに過ぎないのか、見定めてやろうという雰囲気だ。

私は、その場からすぐに立ち去りたかった。

「日本学校から来ました、パク・ジニです。宜《よろ》しくお願いします」

事前に教わった片言《かたこと》の朝鮮語でそう挨拶をすると、気持ちのないしらけた拍手が幾つか起こった。その冷めた拍手をあびた私は、この事態をどう収拾してくれるんだ、と言うようにリャン先生の顔を覗きこんだ。リャン先生は、私が受けた辱《はずかし》めなど気にもとめず、淡々とした明るい空気を振りまいていた。私に向かって、よく出来たね、とでも褒《ほ》めるように小さな拍手を遅れてした。

「ジニはもちろん、まだ朝鮮学校に来たばかりで、私たちの言葉は出来ません。これからしばらくの間、ジニが朝鮮語を覚えるまでは、このクラスの授業は日本語で行います。みんなも早くジニが言葉を覚えられるよう協力して、助けてあげて下さいね。分かりましたか？」

リャン先生がそう言うと、生徒たちは声を揃《そろ》えて「イェー（はい）」と返事をした。何人かが、しらけた目で私を見た。私は思わず視線を逸らして、顔を伏せた。

最悪だ。あと少しで表情だけではなく、そう言葉にも出るところだった。

朝鮮学校は日本語禁止だった。それなのに、私一人のせいで授業はしばらく日本語で行われることになった。それは、まさしく最悪な学校生活の幕開けだった。

シーン3・屋内・昼・差別のサイクル

昼下がり——騒がしい教室。
ジェファンは、鞄から教科書を取り出し、引き出しの中にしまっている。
ユンミ「日本学校から来た奴がいるよ」
ジェファンの机の上に座る、ユンミ。
ジェファン「だから何だよ」
ユンミ「日本学校って、冷たい所なんでしょう？」
ジェファン「どこの学校だって一緒だよ」
言いながら、ユンミの背を押して、机の上から下ろす。
ユンミ「でも、日本学校の子供って、ませているんでしょう？」

ジェファン「俺等《おれら》が無垢《むく》だとでも言いたいのか。別に気にすることじゃねえよ」
ユンミ「でも、なんか裏がありそうな顔してんだよね、あいつ。うち等のこと、猿でも見るような目してさ。せっかくだから、ちょっと虐《いじ》めちゃおうかな」
ジェファン「止めとけよ」
ユンミ「どうして。ちょっとくらい、いいじゃない。日本学校から来たからって、デカイ態度とられるより前に、少しだけ教えてあげなきゃ」
ジェファン「暇人め。勝手にやってろ。俺は、知らないぜ」

ニナ

「ジニ、良かったらこれ使って」

そう言って、朝鮮語の「あいうえお」の手書きの表を何枚もくれたのは、ニナという少し大人びた雰囲気を持った子だった。さっぱりとした顔立ちで、つやのある綺麗な髪をしていた。頭の上でお団子結びをしていて、柔らかく繊細そうな髪だと、少し耳に垂《た》れかかっていた後《おく》れ毛《げ》を見て思った。

ニナは私の机に表を広げた。でも、正直言うと、「あいうえお」なら知っていた。小学生の時から毎週土曜日は、家で韓国人の先生から言葉の基礎を教わっていたからだ。だけどそのことは言わずに、私はニナの親切な気持ちを受け取った。クラスの皆にとって、自分は邪魔な存在でしかないと不安でたまらなかった分嬉しく、私はひどく感動した。

ニナは手書きの表を広げるなり、達成感のこもった満足気な表情をした。私の前の人の席に勝手に座ると、表を眺める私を観察するように見た。

「分からないことがあったら、いつでも訊いてね」

ニナは優しく微笑んだ。

「うん。ありがとう」

「ねえねえ、一つ訊いてもいい？」

「なに？」

「日本学校って、どんな感じだったの？」

「どんな感じって、何が？」

「怖くなかった？　虐められたりだとか、その、差別だとか——」

最後の方は、息を詰まらせたように言った。

「別に」私は、嘘を吐《つ》いた。

「そうなんだ。楽しかった？」

ニナはまた微笑んだ。

「楽しかったよ」

「そっか。じゃあ、朝鮮学校も楽しくなったら良いね」

「うん」

本当に、楽しくなったら良いな、そうなればいいな、と、私は願った。

この日本で在日韓国人として生まれ、日本の学校に入学した日から、私たちは必然的にある一つの選択を迫られるようになった。それは、とてもシンプルで、しかし、やり遂げるには非常に困難な選択だ。

——誰よりも先に大人になるか、それとも、他の子供のように暴れまわるか。

日本の小学校にいた時は、私は「先に大人になる」を選んだ。そうするほか無かった。暴れまわれば、いつだって暴れた方が悪くなるもんなんだ。たとえ差別を受けたんだとしても、暴れてしまえばそこで終わりだったんだ。

北朝鮮からの手紙　1

愛する娘へ

アンニョン。元気でやってるか。こっちは、変わらず元気だぞ。北朝鮮に来て、あっという間に三年も経ったんだな。月日の流れは本当に早くて、時々立ち止まることを忘れてしまいそうだ。北朝鮮は、とても住み心地が良い国だぞ。日本を出ることは簡単ではなかった。それでも、こっちに来て本当に正解だったと思う。どんどん発展していくぞ、この国は。今、あちこちで工事をしているんだ。仕事も休みがない。体はくたくたになって、家に着くと、飯を食べるよりも先に、死人のように倒れて眠り込んでしまうが、それでもきっとやりがいのある仕事に就《つ》けたと思う。日本でも体を張って働いていたんだ。なんてことはない。それに、ここでは労働者は平等に働いている。日本にいた時と比べれば、なんてことはないさ。だけど、エリンの顔を見て、抱きしめてやることが出来ないのは本当に苦しい。どうか元気でいてくれ。いつかまた会えたらいいな。本当にまた会えたらどれほど良いか。しっかり食べてしっかり寝て、体を大事にするんだぞ。また手紙を出す。その時まで一度、お別れだ。毎日エリンのことを想っています。

父より

ジェファンという男の子がいた。

俺たちがこのクラスのリーダーだ、とでもいうような偉そうな態度で、教室に入ってくる時にはわざと大きな物音を立てないと気が済まない、いかにも単細胞な連中が集まった群れの中の一人だった。しかも一人だけボクシング部に所属していたから、印象は最悪だった。腕力に物を言わせたい典型的なバカな中学生男子だと思っていた。

お天道様《てんとさま》がとても元気なある日の昼休み。お弁当を食べた後で、いつも通り教室の中はガチャガチャとうるさく、皆は朝鮮語で話していたから、私は会話に混ざることも出来なかった。皆が楽しそうにふざけている中、一人でぽつんと孤立してしまっているのが哀しくなる瞬間も正直言うとたまにあって、その日私は教室を抜け出して音楽室に行った。そこにはグランド・ピアノが置いてあり、いつでも弾いて良かった。少なくとも、『使用禁止』という張り紙は無かった。だから、「気が向いた時に、いつでもどうぞ」と言われたも同然だ、と私は考えていた。

音楽室に入って扉を閉めてしまうと、ほっとした。音楽室には誰もいなかった。それがとても嬉しかった。ピアノ以外は何一つ置いてなかった。ひどく殺風景でもあったけど、その音楽室の雰囲気に勝手に親近感を抱いた私は、そこに馴染《なじ》むまで一分だって掛からなかった。

私はピアノの椅子に腰掛けて、試しに人差し指で鍵盤を押してみた。高すぎず、低すぎない、なんと言うか、少し地味でもあるが、わくわくさせられるような軽い音が出た。どこか間抜けな音でもあったな。私は続いて、別の鍵盤も押した。左手も添えて、今度は両手で同時に幾つも押してしまうと、少し調子が戻ったように元気が出てきた。そうして五分も経たない内に、気が付くと、夢中になってピアノの鍵盤を叩いていた。

弾ける曲なんて一曲もなかった。だから、適当に音を鳴らして遊んでいただけだった。それでも鳴らし続けていると、偶然にも「これは名曲になりそうだ」というメロディーと遭遇した瞬間があった気がした。作曲家を目指してみてもいいかもしれない、とまで酔っ払いながら、最後の方なんて、鍵盤を壊してしまうんじゃないかというほど我を忘れて叩き続けた。

その時、扉が開いた。

夢から叩き起こされたようにはっとして扉を見やると、そこに立っていたのはジェファンだった。私は、飛び上がるようにして椅子から離れた。顔が熱くなっていくのを感じた。ちゃんとピアノを弾いていたのなら、誰に覗かれたって問題はなかったけど、気が狂ったように鍵盤を叩いていただけだ。恥ずかしい、弁解の余地もない、最悪だ、そう声に出してしまいたかった。

ジェファンは教室に戻って、クラスの皆に「あいつはいかれてる」と、暴露するだろうと思った。それでもいいから早く行ってしまえ、と私は心の中で叫んだ。

しかしジェファンは立ち去るどころか、私の顔を窺《うかが》いながら、ゆっくりと、しかし確実に、一歩一歩、歩み寄って来た。そして、とうとう私の目の前に立ちはだかった。

奇妙な静寂だった。お互い一言も言葉を発しなかった。鉛筆でも落とせば、それがもの凄い騒音であるかのように聞こえただろう。目を逸らしたらいけない、とでもいうような空気が、私たちの間に流れていた。私の頭の中は真っ白で、でも、同時に凄くうるさかった。頭の中で、無数の寄生虫が悲鳴を上げているようだった。

静寂を破ったのは、ジェファンのほうだった。

「脱ぐ?」ジェファンが言った。

「脱ぐ?」私は訊き返した。

ジェファンは頷いた。そして、もう一度、脱ぐ?と言った。

——脱ぐ。どういうことだ。こいつ、脱ぎたいのか。

ジェファンは、ボクシング部だ。筋肉でも見せ付けて自慢したいのか。

それとも、私に脱げと言っているのか。

こいつ、馬鹿か。

私は一歩後じさった。さらに、一歩後ろへ下がった。ジェファンは呆然としていて、動く様子はなかった。今しかない。ジェファンを振り切るようにして一気に扉へ向かって走った。

「おい！」ジェファンが叫んだ。私は止まらなかった。

音楽室を出て、右側にあった階段を全速力で駆け上がった。顔も知らない女子三人組が、朝鮮語でふざけ合いながら階段を下りて来た。その間を、猛スピードで通り抜けると、小さな悲鳴が上がった。すぐに、「ヤッ！」と、怒ったような声が聞こえたが、振り返って謝る余裕はなかった。教室のある階まで戻ると、ようやく後ろを振り返った。ジェファンは追いかけては来ないようだった。

それでも、まだ落ち着かなかった。心臓は激しく鼓動していた。私は、すぐにニナを探した。ニナは、ベランダで他の女の子たちとお喋《しゃべ》りをしていた。その会話を切るようにして、ニナ！　と叫んだ。

幽霊を見たような顔をしていたのだろう私に、「どうしたの。何があったの」と、ニナは驚いた顔をして日本語で言った。ベランダに出ていた全員が耳をそばだてていた。

「ジェファンが、脱ぐって言ってきた」

「なに？」

「音楽室にいたら、ジェファンが、脱ぐって言って近づいて来たの」

「それで？」

「それで？」私は訊き返した。

「それで、どうしたの？」

「逃げたに決まってるじゃん」私は言い切った。

「どうして。ジニだよって教えてあげれば良かったのに」

「ん？」

「誰って訊かれただけで、どうして逃げたの？」ニナは言った。

私は呆然としたまま、頭の中で何が起きたのか整理した。理解するのに一分ほどかかった。つまり、ヌグ、とは、脱ぐ、ではなく、誰、だった。

私は、変人のレッテルを自分の額《ひたい》に己の手で貼り付けてしまったようだ。

ニナと話していると、話題にされているのを察したジェファンがすぐにベランダへやって来た。苛立《いらだ》った顔で、なんだ、お前、と朝鮮語で言った。私でも分かる、とてもシンプルな朝鮮語だった。なのに、どうして基本中の基本の「誰」という単語を知らなかったのか。自分と、土曜日に家に来ていたあの韓国人の先生を呪《のろ》った。

「なに？　何言ってんのか、全然分からないんだけど？」

私はそう恥をかき捨てるようにして外方を向いて、ベランダから立ち去った。

「今の態度、見た？」

後ろから女子の声がした。ユンミだった。

学年無視

朝鮮学校に来て、二ヵ月が経った。授業は相変わらず日本語で、私に配られるテスト用紙にだけ日本語の翻訳が記入されてはいたが、学校の雰囲気には少しずつ慣れ、ニナとも随分打ち解けてきていた。そんなある日、放課後のホームルームの時間、ユンミが挙手をしてクラス全体に言い放った。

「ジニは、普段から全く朝鮮語を使おうとしません。ニナが付き添って教えてあげても、一言だって朝鮮語で話そうとしません」

嘘だ。私は怒った時は、ちゃんと朝鮮語で、ヤッ！　と叫んでいるというのに。

「周りが協力していても、ジニが努力しないなら、もう授業は朝鮮語に戻して良いと思います」

これには同感だった。そろそろ朝鮮語に戻して欲しい、と、私も提案したかった。しかしリャン先生は、まだ二ヵ月しか経っていないのだから、友人として長い目で見守ってあげても良いのではないかと言った。ユンミはふてくされた顔で椅子に座ると、私の方を振り返り、こっそり睨み付けてきた。

朝鮮学校ではとにかく団体での行事が多い。体育館に集まり、学年ごとに舞台の上で歌を歌ったり、首に赤いネクタイというべきか、リボンのような物を付けて、全校生徒が運動場で、円を描くように行進したりした。赤は好きだし、ネクタイも好きだが、行進は嫌いだった。なんの為の行進なのか私はあえて誰にも訊かないことにしていた。知ってはいけない気がしたのだ。知ってしまえば必ず自分が列から逃げるように抜け出す予感がしていた。

ユンミの言う通り、私は一切の努力をしていなかった。校歌だって覚えようと思わず、皆が歌っている時は口を閉じるか、金魚のように口をパクパク動かすだけだった。ニナが校歌をわざわざ印刷して、読み方をカタカナで書き添えてくれるまでは。

ジェファンは、あれから毎日話しかけてくるようになっていた。私は無視をしていたが、敵はしつこかった。何を言えば返事をするのか、試して遊んでいるようだった。あまりにも反応がなく退屈になると、決まってアホ面で、ヌグ？　と、ワイシャツの襟《えり》をつまんだ。とんでもない暇人だったのかもしれない。

ある日の休み時間、私はニナにMDウォークマンで宇多田《うただ》ヒカルの「オートマティック」を聴かせていた。まだラジオでしか流れていなかったから、世間では宇多田ヒカルが誰なのかあまり知られていなかった。ちょっとした恩返しのつもりで、私はニナにだけいち早くこの曲を教えたかった。するとジェファンが、また人のことをおちょくるように、アンニョンハシムニカーとちょっかいを出してきた。

私はジェファンを思い切り睨み付けて、消えろ、と罵倒《ばとう》した。

その時、ついに本性《ほんしょう》を現したな！　と、ユンミが鼻の穴をぷくぷく膨《ふく》らませながら嬉しそうに叫び、勢いよく私の机に両手を突いた。

「どう？」私は、ユンミの声なんて聞こえていない振りをして、ニナに訊いた。

「無視してんじゃねえよ」

「うーん。よく分からない。まあ、良いとは思うけどね」ニナはイヤホンを外しながら言った。

ユンミは、ニナ、と叫び、その後は朝鮮語で怒鳴《どな》るように声をかけた。

「なんでこれにハマらないの！　私、リピート再生して聞いてるよ」

「おい、ゴルア、ジニ。パク・ジニ！」ユンミはしつこく怒鳴ってきた。

とにかく粘《ねば》り強い奴だった。私は諦めて、何、と、うるさいんだけどと言わんばかりの顔で答えた。

「てめえ。私は絶対に騙されたりしないんだから。お前の本性、全員に見せてやらあ」

私は、せいぜい頑張れ、とでもいうように手を振った。

数日後、今度はニナにスパイス・ガールズのファーストアルバムを聴かせていると、ユンミが隣のクラスの男子を引き連れてやってきた。

ユンミが朝鮮語で何か言い、男子たちは私に注目した。ざっと見ても一〇人はいた。さすがにニナとの会話を中断して、男子たちの様子を窺わなければならなかった。

先頭の男子が扉のすぐ近くで立ち止まっていたせいで、中には廊下から教室を覗くようにして背伸びをしている者もいた。

さあ、どうなる——私は、椅子から立ち上がった。

ユンミが私を指差してまた何か言うと、男子たちはそれを聞いて鼻で笑いながら、喧嘩《けんか》を始める準備運動のように首筋を伸ばして、手首を回し、指の関節を鳴らした

——けれどほんの数分で、ぞろぞろと教室から出て行った。

訳が分からなかった。しかしユンミは満足した面持ちで、得意げにへへっと笑ってみせた。

「気にすることないよ」とニナは言った。

もちろん、私は気にしてなんていなかった。

でも掃除の時間に、同じクラスのヒャンウンが、ジニ、大変！　と血相を変えて、トイレにやって来たところから事態は変わった。

「ユンミが、ニナに、ジニと仲良くし続けたら学年で無視するって言ってるよ！」

「どこで？　いつ？」私は訊いた。

「さっき。教室で、ニナに水かけてた」ヒャンウンは言った。

私は、あの選択を思い出した――誰よりも先に大人になるか、それとも、他の子供のように暴れまわるか。ここは朝鮮学校だ。日本学校ではない。同じ民族同士だ。私は、羽をうんと広げることにした。夢のようだった。そこには、揺《ゆる》ぎ無い自由があった。

すぐさまモップを持ってトイレを出た。立ち去り際《ぎわ》に、教えてくれて、ありがとう、と、ヒャンウンに礼を言った。立ち去り際に言ったのは、そっちの方が格好良いと思ったからだ。私は、とにかく上機嫌だった。モップの毛が付いた先を後ろ側に、まるで木刀でも肩にかけているかのようにして廊下のど真ん中を歩いた。そのフロアには、中学二年の先輩たちの教室もあった。

「ジニ、何してんの？　モップ持ってお出掛け？」

男の先輩が愉快《ゆかい》そうに言った。

「別に」

しらけた顔でそう答えると、先輩たちは理解したように道を空《あ》けた。

「ねえ、ユンミ見た？」

チャンスという縁起が良さそうな名をした同じクラスの男子を見つけて、私は訊いた。

「いや、見てない」

「いや、見たはず。ちゃんと思い出して」

チャンスはまるで生まれて初めてモップを見るかのように、私を眺めた。

「お前、何する気?」

「ユンミは、本性を暴きたいらしい」

「なんの? 誰の?」

「私の本性を皆に暴きたいんだってさ。だから、見せてあげようと思って。ユンミに会ったらそう伝えてくれる?」

「……分かった。伝えとくよ」

チャンスのその言葉を聞いて、私はにっこり微笑んだ。立ち去り際の礼も忘れずにした。モップを肩にかけた格好で、再びユンミを探し続けた。だけど、誰一人としてユンミの居場所は言わなかった。そして、チャイムが鳴った。本当に残念だった。別に本気でモップでどうにかしてやろうだなんて、そんな気はなかった。明るく穏やかで、男子からの人気も高いニナを学年無視だなんて、誰がどう考えても無理だ。

それよりむしろ、次はどの手を使ってユンミが無駄な虐めに励むのか、そうしたらどうやってやり返そう、と私は胸を躍らせていた。それなのに、虐めはその日を境になくなってしまった。

どうやらチャンスの縁起は私にではなく、ユンミに微笑んだようだ。チャンスは私と別れた後、すぐにユンミと遭遇し、もう止めとけ、と警告をしたらしかった。以来、私がユンミから指示を受けるようなことはなくなった。それどころか、一言も話さなくなった。トイレで遭遇しようが、廊下で目が合おうが、他に人がいなくても、会話を交わすことも、それ以上目を合わせることもなかった。時々ヒャンウンが、ユンミがジニのことこういう風に言っていた、あんな風にも言っていた、と細かく私に報告してくることはあったけど、そんなことはどうでもよくなっていった。静かになったなら、それでいい。私は、半ば無理矢理そう納得するように、自分に言い聞かせた。

朝鮮人は、消えろ

朝鮮学校に入学する前――私は六年間、日本名で日本の小学校に通っていた。朝鮮学校の存在は親戚を通して何となく知っている程度だった。民族意識がどうの、朝鮮文化がどうのなんて話は一切聞かされておらず、ただの学校名として受け取っていた。校内では日本語ではなく、朝鮮語で話すことくらいは知っていた。

右翼の車を見つける度《たび》に、小学生の私は制服の中に国籍を隠した。私立の小学校だったため、私たちは皆お揃いの服を着ていた。そして、私たちは同じような顔をしていた。黒髪で、鼻が低く、目は一重だったり、二重だったりしたが、大雑把《おおざっぱ》に見れば大した差はなかった。だから友人たちの間に潜み、私は簡単に姿を消せた。

隠していたという意味じゃない。苗字《みょうじ》は韓国名だったのだから、私が日本人ではないということは誰もが知っていた。その頃の友達とは気が合い、話が合い、ごく自然と友達になった。だけど友達に「右翼の車が怖い」だなんて言ったことはなかった。皆、ただのうるさい車だとしか思っていなかったから。お陰で私もいつしか、ただのうるさい車だとしか思わなくなっていた。右翼の人たちが演説している途中に、目が合ったって怖くもなくなっていた。

私は、いつからかゲームさえするようになった。「さあ、私を見つけられるかな」そう心の中で車に向かって呟いた。まるで自分がウォーリーにでもなったかのような気分、あるいは間違い探しをさせているような気分だった。——この風景の中に、間違いが一つだけあります。さあ、どれでしょうか。何が間違いでしょうか。誰が間違いでしょうか。あなたには、その間違いが何なのか見つけられるでしょうか——。

「朝鮮人は、出ていけー。朝鮮人は、国へ帰れー」

右翼は叫び、制服の中に身を隠した私は、車の脇に立っていた男に向かって、にっこり微笑む。男は不思議そうな顔をして視線を逸らした。

私が通っていた小学校は、高校まであるエスカレーター式の学校だった。ほとんどの生徒は卒業するまでの十二年間、同じ友人たちと過ごす。けれど、私は違った。国籍を隠すつもりが一切なかったのと同じように、私はごく自然に、朝鮮学校へ行く、と皆に伝えていた。

小学六年生の歴史の授業で、あと少しで日本が朝鮮半島を植民地にしていた時代の話になるという時、私はどうしてか緊張していた。しばらくすると先生は植民地時代のわずか数行で終わる朝鮮半島の歴史を淡々と読み上げ、まあ、これは朴《パク》さんのような人の話ですね、と付け加えた。クラス全員の視線が私に向けられた。私はどうしていいか分からず、舌を出してへらへらと笑ってみせた。私と関係のあるらしかった歴史の授業は、わずか数分で終わった。

数日後の休み時間に、井口《いぐち》というセーラームーンくらい髪の長い、しかし、セーラームーンとは違ってあまり好かれてはいなかった子が、私の机までやって来て、昆虫でも観察するように私の顔をまじまじと眺めた。そして何も言わず立ち去った。井口は一風変わった、昨日はこんなお化けを見た、だとか、そんな話をする子だった。私もクラスでは不思議ちゃんと呼ばれたり、変わり者扱いを受けたりしていたので、井口には勝手な親近感を抱いていた。だからまじまじと見られたことも、不思議には思ったが大して気にはしていなかった。

その日の帰り道、学校の近くの駅のホームで井口を発見した私は、一緒に帰ろう、と駆け寄った。井口は無視をした。何処かへ行こうとした井口の腕を引っ張ると、井口はもの凄い勢いで振り返り、汚い手で触らないでよ、と叫んだ。私は自分の手が汚れていたのかと思い、手の平を裏返して確認した。特にこれといって目立った汚れはなかった。すると、井口は呆れたように鼻で笑った。

「馬鹿じゃないの。朝鮮人。あっち行ってよ」

井口はそう言い残して、ホームの端へ歩いて行った。

すぐに仲良しの友達が後ろからやってきた。何を言われたのか訊かれたので、私は率直に答えた。仲間たちは、井口の悪口を言って私を元気づけた。それで私の気分も少し晴れて、帰り道はふざけ合いながら帰ったが、家に着くと、また井口のことを思い出した。

夕飯前に、写真が飾ってある棚の上に座ってうじうじと指で木目を引っかいていると、オンマ(ママ)が、どうしたの、何があったの、と訊いてきた。

「井口に、手が汚いって言われた」

「手が汚かったの？　何して遊んでたの？」

「朝鮮人って言われた」

私がそう言うと、オンマは何か悟ったような表情をして、私の隣に腰をかけた。そこに座るんじゃない、といつも怒っていたのに、よっぽど大事な話があるのかと子供ながらに身構えた。

「ジニは、どう思う？　朝鮮人は汚いと思う？」オンマは訊いた。

「ううん。思わない」

「どうしてそんなこと言ったのか、どうして汚いと思ったのか訊いてみたら？」

私は悩んだ。そんなこと訊きたくなかった。それを訊いて、返事をもらったところで、一体どうすればいいんだ。訊きたくない返事だったら、どうすればいい。

悩んでいる私に、オンマは更に続けてこう言った。

「きっと答えなんてないよ。何も知らないから、そう言ったんだよ」と。

私は夕飯を食べながら、また井口の顔を思い出した。すると、どうしてか怒りがこみ上げてきた。私の手は汚くなんかない。するとオンマは、私の心を読むように言った。

「やり返しちゃダメよ。分かった？　何もしない、約束しなさい」

その場で、何もしない、と誓わされたので、私は本当に何も出来なかった。しかし井口が言い放った、朝鮮人、という言葉は、きっと私だけでなく友達の耳にも残っただろうと思った。だからそれ以降、朝鮮学校って何、という質問には、

「私のような朝鮮人が通う学校だよ」

と、まるで歴史の先生がそうしたように短く説明することにした。井口は、私がチマ・チョゴリを着ることになる、朝鮮学校はそういう所だと両親に聞いた、と言いふらした。仲間たちは、転校先の朝鮮学校のことを訊かなくなった。距離を置くように、私を遠ざけるようになった。歴史の先生は、まるで罪人でも見るかのような目付きで私を見た。私の席を通り過ぎる時や、階段ですれちがう時には、横目でじろりと、どこか憎悪さえ感じるような視線を私に送った。

「私のような朝鮮人が通う学校だ」なんて言わなければ良かった。

ただあの時は、本当に何も分かっちゃいなかった。

教室の肖像画

　夏休みに入る前——午後の掃除の時間、教室に飾られている金日成と金正日の肖像画が、毎日見ている風景の一部としてではなく、とてつもなく気がかりなものとして目に入るようになった。なんだか気持ちが悪くなった私は、それが何かを考える前に、さっきまで床を拭《ふ》いていた、ひどく汚れた雑巾を何度も何度も肖像画へ向かって投げた。

　途中からは、我を忘れて雑巾をぶつけていた。笑った男子もいたが、ほとんどは突然の私の行動に啞然《あぜん》とし、また驚きを隠せないでいた。教室は静まり返っていた。私は、止めるタイミングを完全に失っていた。投げては雑巾を拾い、そしてまた投げた。きっかけをくれたのはユンミだった。ちょうど教室に入って来たユンミが、ジニ、と、私の名を叫んだ。ユンミが私に話しかけてきたのは、モップ事件以来初めてのことだった。金日成の額に当たった雑巾は、無念だ、と嘆くような姿で床に落ちた。

「駄目」ユンミは朝鮮語で呟いた。

あまりにも小さな声で囁くように言ったので、あと少しで廊下の床を掃《は》くほうきの音にかき消されてしまうところだった。ユンミは、それ以上は何も言わなかった。私も何も言い返さなかった。元々白かったユンミの顔が更に白く見えて、やってはいけないことだったのだと知った。ユンミのその硬直した表情は、他のどんな言葉よりも説得力があった。私がしたことは誰の耳にも入らなかった。誰も先生にチクらなかったのだ。その時、教室にいた者たちだけの秘密となった。いや、秘密というよりは、無かったことになった。誰も何も私に尋ねて来なかった。だけど、その日から私は肖像画を風景の一部として見られなくなっていた。私が右翼の車の前で、さあ、間違いは何、間違いを見つけてごらんなさい、と言っていたように、肖像画が私に囁くようになった。この景色の中に間違いがある、お前にその間違いが分かるか、金一家は私にそう問いかけるようになった。

　授業中も、私は必死に間違いを探した。何かが違う。何故違う。何処が違う。どうして違う。私は間違いを一生懸命、探した。

「じゃあ、ジニ、解いてみろ」

　黒板の前に立っていたロリコンの数学教師が嬉しそうに言った。あまりにも熱心に黒板の真上に飾ってある肖像画に見入っていたので、勘違いをしたらしかった。

「分かりません」私は、正直に朝鮮語で答えた。

「トライしてみよう」男はしつこかった。

　トライだけは日本英語の発音で言い、あとは朝鮮語だった。学校では日本語は禁止されていたが、英語は使っても良かったのだ。

「分かんねえっつってんだろ、うるせえな」私は日本語で言った。

　そしていつものように首ねっこをつかまれ、教室の外に出された。クラスの皆には見慣れている光景だった。なんてことはない、いつものジニだ。

　それから数週間が経っても、私は間違いを見つけられないでいた。私はイライラしていた。そして、授業は勝手にすすみ、またテスト期間がやってきた。私は全ての問題の答えに、金日成、金正日と書いて提出した。

もちろん、捕まった。

私は、教務室に連れて行かれて、幾つか質問をされた。そのどれにもきちんと答えなかったので、教務室のベランダで小一時間、正座の罰を受けた。足が痺《しび》れた時、これに耐える意味はないと思った。正座に耐えたところで、自分には守っているものが無いのだ。これは、まるで中身のない、ただの苦痛でしかない。

「分からなかっただけだ。問題が分からなかったから、分かることを書いただけだ」

そう白状するとロリコン教師は深いため息をついて、もう少し朝鮮語を覚えられるよう努力しよう、と言って、やっと私を解放した。

北朝鮮からの手紙　2

親愛なる娘へ

前回の手紙から、また随分と時間が経ってしまった。すまない。すぐに書きたかったんだが、色々あって。本当に、色々とあってな、なかなかそれが出来ずにいた。本当にすまないと思っている。元気でやってるか？　エリンは、もう子供が産まれたんだな。本当におめでとう。出来ることなら病院まで行って、新しい命を、新しい家族を、この腕で抱きしめてやりたかったな。それは叶《かな》いそうもないが、せめて写真だけでも送ってくれたら本当に嬉しい。一枚だけで良いんだ。もし写真を撮ったら、送ってくれないか。良い名前を付けたんだな。旦那と一緒に決めたのか？　娘が大きくなったら、北朝鮮に遊びに来てくれとは言えないな。それに、もう此処《ここ》からは出られそうにない。家族を大事にするんだぞ。説得力のない言葉かもしれないが、本当にエリンのことを愛している。そして、新しい家族もな。ジニ――素敵な名前じゃないか。きっと良い子に育つ。だから、もう自分の家族のことだけ考えるんだ。アッパのことは、忘れるんだ。いいな。どうか、次の手紙は待たないでくれ。最後に、今まで本当にすまなかった。愛している。本当に、心の奥底から、愛している。そのことだけ忘れないでいてくれたら、もう他に望むことはない。こんなどうしようもない親父の娘でいてくれて、本当にありがとう。

父より

チーズの初恋

私は、あいつに恋をした。きっかけは、腹を空《す》かしたことだった。

オンマが作ってくれたお弁当だけでは足りず、高等部の新しく出来たばかりの食堂にチーズドッグを買いに出掛けた時、列にしっかり並んでいた中学一年生の小さな女の子を後ろへ追いやって、強引に割り込んできた高校生の女たちがいた。私のことが見えなかったのかもしれないと思い、すみません、と声をかけると、まるで蠅《はえ》が耳元を飛んだ時のような顔をした後に——出会い方が違っていれば褒めてやりたくなるほどの——見事な無視をした。私はかっとなった勢いで、思わず舌打ちをしてしまった。その女たちは三人でつるんでいた。三人共、ほぼ同時に私の方を振り返り、睨み付けてきた。私は反射的に、そのポニーテールが酷く似合う馬のケツみたいな顔をした三人に向かって、何見てんだブス、と言ってしまった。

どうしてそんな事を言ってしまったのか。私は態度はデカイが小心者だった。だからその時は、心臓なんて破裂しそうなほど、どきどきしていた。胸の辺りで腕を組んでどきどきを隠して、平静を装った。ポニーテールの三人は何も言い返しては来なかった。中学生の無駄吠えになど、さらさら興味はないのだろう。相手は立派な大人だった。

そう感心して申し訳なくすら思っていたのに、それから数日後、その高校生たちは中等部の校舎までわざわざ私のことをチクりにやって来た。名前は知られていないはずだが、担任のリャン先生を含めた、他の先生たちまでもが、あいつだ！　と揃って私を指差した。

思っていたより大事《おおごと》になってしまい、仲介役にリャン先生が加わり、数時間にわたってくどい話し合いが行われ、和解するよう強制させられた。しかし、私もあちらも納得できず、最後まで和解の握手はなされなかった。それどころか、面倒くせえな、と私はしつこく何度も舌打ちをした。高校生に相手をしてもらえて、舞い上がっていたのかもしれない。

その日の放課後、私は帰り道で一〇人くらいの女子高校生に囲まれていた。すぐに今日の調子づいた態度を後悔した。さあ、今からリンチだぞ、とばかりに、高校生たちは、じりじりと歩み寄り、見せびらかすように腕を回したり、指の関節を鳴らしたりしていた。

私はよく喧嘩を売るくせに、実際に拳を交えたことは一度もなかった。殴《なぐ》られる感触だって知らない。だから、痛そうだな、顔は嫌だな、腹にしてくれないかな、少しは加減してくれるのかな、嫌だな、顔はなしねって言ったら、お願いは聞いてくれるのかな、と、目まぐるしく考えていた。そこに、突如《とつじょ》ジェファンが現れた。まるで王子様のように見えた。今まで散々からかわれてきたけど、助けに来てくれたのだ——と思ったが、そうではなかった。ジェファンは少し離れた所で指を差して、人をコケにするように笑っていた。何してんだ、という目でジェファンを見ると、ロバート・デ・ニーロのように両手を広げて、茶化すようにふざけてみせた。

「調子こいてんじゃねえよ、餓鬼」みたいなことを高校生は言って、指の関節を鳴らしている。

ついに始まる、と思った瞬間——ポップコーン片手に愉快そうに眺めていたジェファンが、突然近づいてきた。

「失礼します」と朝鮮語で言いながら、奴は私の隣に立ち、何があったんですかね、と腰を低くして先輩たちに尋ねたが、ヌグ（誰）だよ、関係ない奴は消えろ、と言い返されていた。ジェファンが、ヌグ、と言われているのを見て、私は吹き出しそうになった。

「そういう訳にもいかないんすよ。同じクラスなんで、恨《うら》まれたら後で面倒だし」

「はあ?」先輩は、口から屁《へ》でもこいたような声を上げた。

「いや、こいつ、クラスでもかなりの問題児なんで、またとんでもないことを仕出かしたんだろうとは思うんですけど——」

「朝鮮語で話せよ」と、馬が朝鮮語で怒鳴った。

ジェファンは、あからさまに申し訳ないという表情を作った。それは逆に、連中の神経を逆《さか》なでするのではないかと教えてあげたかったが、彼はその顔が気に入った様子だった。

「こいつ朝鮮語で話しちゃうと、俺等が何言ってるかも分からないんすよ。殴りたい気持ちも分かるんですけど。実際、俺も殴ってやりたいですし。挨拶しても、いつも無視ですからね。本当に殴ってやりたくなる時があるんですけど。でも、こいつ金玉が付いてそうに見えても、一応は女なんでね。そういう訳にもいかないから、代わりに俺を殴って下さい」

「お前殴ってどうすんだよ」

その通りだと思った。

「もういいから。あっち行ってなよ」

私は慌ててそう言ったが、ジェファンは無視をした。

「あっち行けって」私はもう一度言った。

「謝《あやま》れよ」

「は？」

「謝れって」

「なんでよ」

「お前が悪いんだろ」

「悪くないよ」

「そんなはずないだろ。こんな人数に囲まれて」

確かに。どうしてこんなことになったのか。信じがたいが、ジェファンにそう言われると私が悪いような、私も悪かったような気になってきた。そんなはずない、と考え直してみても、残念なことにやはり私も悪かった気がしてくる。

「うーん」

「ほら。お前、思い当たるんだろ」

「ちょっとね」私は、どうしてか照れた。

朝鮮語で返事をしたからではなく、素直になることが恥ずかしいからだった。それを誤魔化《ごまか》すように、おちゃらけた感じで、指で、少し、なんてのもやってみせた。

「謝れって」ジエファンは半笑いだった。ウケたらしかった。

「お前等ふざけてんの？」先輩が言った。

当然だろう、とは言わずに私は黙った。

「ふざけてないっす」代理のジエファンが、すぐさま返事をした。

先輩たちは全員、大人しく私が謝るのを待っているようだった。誰も関係のないジエファンを殴りたくはないのだろう。かと言って、私を殴って、万が一ジエファンが暴れれば、いくら年下とはいえ男のパンチなんて誰も食らいたくないはずだ。私は、しぶしぶ謝ることにした。

「すみませんでした」

「聞こえねえよ」

「すみませんでした」私もつられて声が上がった。

「ちゃんと謝れよ」先輩たちは声を揃えて言った。

ジェファンが、こっそり肱で小突いてきた。早く謝っちまえ、という意味なのだろう。私は、やっと諦めがついた。白旗を揚《あ》げ、すみませんでした、と今度は朝鮮語で言い、幼稚園の時に、バスの運転手さんに挨拶するのよ、と先生に習ったような感じで、ぺこりと頭を下げた。

「二度と食堂に来るんじゃねえ」

高校生たちは吐き捨てるように言うと、ぞろぞろと駅の方へ去っていった。なんだか拍子抜けした。

「この恩は返せよ」ジェファンが言った。

「はいはい」

「はいはい、じゃねえだろ。女にリンチされるとこだったんだぞ」

「ふふっ」

「ふふっ、じゃねえよ」

「ありがとう」

「思ってねえだろ」

「思ってるよ」

「どうだか」

まるで根性の曲がったピノキオに対するような物言いだった。私の鼻は、ぺったんこのままだというのに。

「もう食堂には行くなよ」

「腹が減らなければね」

「腹を減らすな」

「大丈夫だよ。謝ったんだから」

「大丈夫じゃねえだろ」

「これ以上あっちが何かしてきたら、もう私のせいじゃないもん。それに、あっちは高校生だよ。私たちよりもずっと大人だよ」

「お前が言うな」ジェファンはようやくまた笑った。

穏やかで優しい笑みだった。そんな笑みを浮かべる人だとは、それまで気が付かなかった。

駅までの道も、ジェファンはずっと微笑んでいた。その横顔を眺めているとなんだか落ち着いて、少し頭がぼおっとした。それに可笑しなことに、そのまま眠りに落ちてしまいそうだった。ジェファンのようには、きっと一生かけてもなれない。今までジェファンの何を見てきたのだろうか。何も見ていなかったのかもしれない。よく見ると、とても澄《す》んだ瞳をしていたからだ。そして、その瞳が、この先も出来るだけ長い時間、私を見ていればいいな、そう思った。

テポドン

朝鮮学校に入学して最初の夏休みがあけた。と言っても、夏休みのあいだ中ずっと部活の練習があったせいで、学校には通い続けていた。私はバレーボール部に所属していた。でも、まだ人生で一度もバレーボールをしたことはなかった。練習に行ったって、一年生なんかほとんど球拾いしかさせてもらえない。

その年の東京の夏は、ひどく暑かった。連日ニュースは猛暑を伝えていた。夏休み最後の日はサッカー部の試合があり、全校生徒が応援に駆り出されたが、私は、自分の部活でもないのに、と当然のようにサボった。

始業日のその日は、前日の北朝鮮のミサイル発射報道一色になっていた。ミサイルは日本列島を通過した後に海に落ちたという。駅の売店にも北朝鮮という文字がでかでかと躍っていた。在日本朝鮮人総聯合会の文字もあった。

その頃の北朝鮮は金正日政権で、産まれて数ヵ月という赤子の柔らかい産毛《うぶげ》のような髪をふわふわと宙で泳がせて自由に遊ばせてやっている、そんな類をみない独特なヘアスタイルが特徴的だった金正日の満面の笑みの写真と共に、険《けわ》しい表情をした朝鮮総聯の議長の顔写真もテレビや紙面を飾った。けれど朝鮮学校という文字は何処にも書かれていなかったので、私はほっとしていた。

その日、私は無事に十条駅まで辿り着けることだけを願っていた。そこまで辿り着ければ、ひとまず安全は確保できる。駅のホームでも車内でも、チマ・チョゴリを着た私への視線は非常に冷たいもので、いつ罵倒されて殴られてもおかしくないという緊迫した空気に包まれていた。

私は左手でしっかりと鞄を抱きかかえ、冷や汗で湿った右手でチマ・チョゴリを握《にぎ》りしめた。誰とも目が合わないよう顔を伏《ふ》せて、耳にはMDウォークマンのイヤホンをはめた。音楽はあえて流さなかった。周囲の動きや、車内アナウンスに耳を傾けた。誰かが咳をしただけで過剰に驚いて心臓が飛び出してしまいそうだった。

あと二駅だった。電車が停止し、缶詰状態の車内で数人がバランスを崩して倒れそうになった。誰かが小声で謝っているのが聞こえた。扉が開いた。降りる人たちと、そうでない人たちで車内には激しい荒波がたった。荒波に巻き込まれて、押されるように一緒に降りるしかなくなった人は諦めたように一度電車を降り、扉のすぐ脇に立って、またすぐ乗れるよう待ち構えた。その後ろにはこれから乗ろうという更なる列ができていた。

更に多くの人を乗せて、電車はまた発車した。

あと一駅。さすがに息苦しくなり、顔を上げた。冷房の方へ顔をむけるなり大きく息を吸い込んだ。ずっと俯いていたせいで、眩暈《めまい》と吐き気がする。額の汗が鼻の先まで流れ落ちてきた。それがただの汗なのか、冷や汗なのか、もう分からなかった。電車を降りたら、ひとまず水を買って飲もうと思った。今はとにかく我慢だと唾《つば》を飲み込んだ。

電車がゆっくりと駅に着いて停止した。頭の中は水を買うことでいっぱいだった。朦朧《もうろう》としながらも、荒波に巻き込まれてしまわないように、しっかりと鞄を抱き寄せて扉の方へ体を傾けた。その時、誰かが舌打ちした。はっとして振り返るところだった。だが、すぐに正気に戻って扉の方へまた視線をやった。誰とも目を合わせてはならない。瞬時にそのことを思い出した。

扉はすぐに開いた。前方にいる人たちから次々と降りていき、私もその波に乗ろうと構えた。その時、誰かが私の鞄をもの凄い勢いで後ろへ引っ張った。誰かの足を思い切り踏んづけてしまい、私は恐ろしくなって小さな悲鳴をあげた。荒波に逆らうような体勢になって、くるりとその場で回転した。イヤホンが耳から外れた。人と人の間に挟まれたらしいイヤホンは何処かに引っかかり、どんどん前方へ引っ張られ、鞄の外ポケットに入っていたウォークマンが勢いあまって地面に落ちた。

私は軽いパニックを起こしながら、転びそうになるのを何とか必死でこらえた。そして、そのまま電車から引きずり下ろされた。ウォークマンはアッパ（パパ）から貰《もら》った物だった。新しいウォークマンのチラシを持って、仕事で疲れているアッパを二、三日追いかけまわした二週間後、すでに諦めかけていた私に、アッパがサプライズで買って来てくれた物だった。絶対に取り返さなければならない。

私はまた電車に乗り込んだ。蛍光ピンクのウォークマンはすぐに見つかった。それを拾った後で、近くに落ちているはずのイヤホンを探した。人が押し寄せてきた。イヤホンは諦めるしかない。そう思って扉の方へ振り向き、降ります、と声を上げようとしたが、出来なかった。私は車内の奥の方へ追いやられ、扉は閉まった。愕然《がくぜん》とした。全て数十秒の間に起こった出来事だった。結局、私はその後、池袋まで降りることが出来なかった。

駅に着くと、しばらくベンチに腰をかけ、自動販売機で買った水を一気飲みした。朝の鞄を抱きかかえるようにして、チマ・チョゴリが出来るだけ隠れたらと願った。池袋駅は、誰もが大慌てで走っていた。こんな時、いつもならゴジラのテーマ曲を流してその風景を楽しむが、そんな余裕はない。額の汗をタオルで拭《ぬぐ》いながら、代わり映えのしない映像を覗くようにして、四〇分以上も行きかう人々を眺めていた。時間の経過に気が付いた時、ようやくその場から離れようと決心できた。立ち上がり、駅のホームを降りた。近くのパルコへ向かうことにしたのだ。学校に行く気なんてとっくに失っていた。無事に十条駅へ辿り着きたいという気持ちよりも、一刻も早くチマ・チョゴリを脱いで安心したいという気持ちの方が強かった。

誰とも目が合わぬように少し先の地面を見つめながら歩いた。ここは何処なんだ。昨日までは、ここは私にとって危険な場所ではなかったはず。それが突然、こんなにも危険を感じる場所になるなんて。道の先にある曲がり角が酷く恐ろしい。そこまで歩いて何事もないと、自分のことを笑いたくもなるが、実際には笑えない。では、私はその曲がり角に何があると思ったのだろうか。誰が立っていて、私に何をしようというのだろうか。馬鹿馬鹿しい。怯《おび》えすぎだ。そう自分に言い聞かせるように呟いた。

一限目がもうすぐ終わろうという時間だった。私がいない日は、授業は朝鮮語で行われていた。

ほとんどの先生は、とても温かい人たちだった。暴力教師もロリコンもいるが、そういう先生はどこの学校にも一定数いるものだ。そういった一部を除けば、朝鮮学校の先生たちは熱心な教育家であり、たまに度を越えるほど生徒思いでもあった。教育

という と〝北朝鮮の〟という誤解をされやすいが、先生たちの口から北朝鮮という言葉を聞くことはない。北朝鮮の話なんて誰もしない。制服と学校行事を除いては、本当に日本の学校と変わらなかった。

だからこそあの肖像画は、ある日はただの風景になり、ある日はあからさまな異物となり、ある日は私に囁くのだ。何を気にしている、何を見ている、何が間違いだと考えているんだ、何を根拠に間違いだと言うのだ、と。

ミサイルが発射されたばかりのその日は、教室にいなくたって、あの肖像画の存在を嫌でも思い出させられた。

金一家

最初に入った店で、試着もせずにワンピースを買い、近くのトイレですぐ着替えた。そこで私はようやく本当に一息ついた。買い物をしている最中、店員はチマ・チョゴリ姿の私を見て驚いていた。別にチマ・チョゴリを着ていなくたって、制服姿の学生が平日の午前に店に来ればそりゃあ不審に思うだろうが、私が洋服を手に取る様を見つめる目は、まるで私に手と足が生えているのがおかしいとでも言いたそうに見えた。

夕方までは家に帰る訳にはいかないので、街をうろうろと当ても無く徘徊した。途中で飽きてファミレスに入り、ドリンクバーを注文し、コンビニで買った新聞を広げた。

でかでかとあの赤子へアスタイルの金正日と、在日本朝鮮人総聯合会の議長の顔写真が並び、ミサイルに関する記事が書かれていた。

だがその時の私にとって、一番の問題は、北朝鮮のミサイルではなく、あの肖像画だった。

あの絵は、金一家への感謝の気持ちを表しているのだと聞いたことがある。終戦後に日本に残った在日朝鮮人が自らの文化を守り、教育を受ける為の支援として、北朝鮮がお金を出してくれたことへの感謝の気持ちなのだという。

朝鮮学校に入学することが決まったこの年の正月、奈良県の親戚の家で、親族一同が集まった。その時、親戚のおじちゃんが酔っ払ってこんな話をしていた。

終戦後、韓国側は在日への支援を断った。日本によって支配されていた植民地時代を終えた今、在日の面倒まで見られるような状態ではない、ということだったのだろう。もしかしたら、母国では裏切り者と見られていたことも関係していたのかもしれない。在日朝鮮人のほとんどは今の韓国にあたる地域の出身者で、日本に連れてこられた者も多いが、海を渡って日本兵から逃げてきた者もいたし、仕事を見つけようと、植民地時代を迎える前に、日本に渡っていた人間もいたからだ。結局、救いの手を差し伸べてくれたのは北朝鮮の方だった、とおじちゃんは話した。そして、意味深な笑みを浮かべて、こうも言った。

「だけどよ、ただ支援してやるって訳じゃなかっただろうよ」

日本に残った在日朝鮮人の間にも亀裂は生じ、やがて、在日本朝鮮人総聯合会と在日本大韓民国民団の二つにはっきりと分かたれた。日本国内にも、目に見えぬ三八度線がきっぱりと引かれたのだ。

「終戦後、俺たちは日本国籍を持ちながらも外国人として朝鮮籍となった。この朝鮮ってのは、北朝鮮のことじゃねえぞ。だが、祖国が二つに分かれたことによって、韓国籍に変えることも可能となった。しかし、どうすれば変えられるのかは分からないままだったし、朝鮮籍の方が子供は兵役に取られないという噂もあった。いずれにせよ、日本にいる限りはどちらでもよかった。けれどその後、朝鮮籍では海外に行くことができなくなった。俺たちは憧《あこが》れの海外旅行ができるかできないか、という重要な壁にぶち当たったわけだ」

頬だけではなく目まで赤くして、おじちゃんは恋焦がれるように言った。

「ハワイだ。分かるか、ジニ。お前にはまだ分からないだろうなあ、ハワイは良いぞー」

そこにハワイがあったから、が理由ではないと思うが、今日本に帰化していないほとんどの在日朝鮮人は韓国籍であるという。

「ジニ。俺がどうして奈良を選んだか、分かるか」

おじちゃんは必要以上に顔を近づけて訊いてきた。日本酒とキムチが混ざった口臭は、想像以上に酷かった。私は鼻をつまんで、少し距離を取った。

「鹿が好きだから?」

「バカ野郎。いいか、ここは奈良県だ。分かるか、ナラ。ナラだよ、ジニ」

「ナラ……」

「そう、ナラ。ウリナラ（祖国）」

「ぷっ」

「お前、ダジャレじゃねえんだぞ。まあ、その内、ジニにも分かる。きっと分かる」

おじちゃんはそう言うと、空になったグラスをぐいっと傾けた。喉《のど》を通るものがなくなっていたことに気が付くと、どこか寂しげな表情でしばらく空のグラスを見つめ、諦めたように煙草に火を付け、宙を泳ぐ煙を愛《いと》おしそうに眺めた。

東京に戻って来た私たちは近所のお寺に出掛けた。毎年そこへ新年の参拝をしに行くのが恒例だった。その道の途中で知り合いのおばさんにばったり会い、挨拶を済ませると、オンマはあっちで待ってなさい、と私を遠ざけようとした。けれど私は素知らぬふりで、聞き耳を立てた。

「帰って来たのよ」

そう言うとおばさんは、人目も気にせず泣きだした。

「収容所に入れられていたらしいの。そう思う。本人はまだ何も言わないけど。歯が、ないの。もう痩せこけちゃって、顔を見た時、誰だか分からなくって。あんなに！　あんなに沢山のお金を送っていたのに！　仕送りが止まった途端に、必要がなくなって収容所に入れられたんだ。そうに決まってる。北朝鮮のやることなんか、本当に汚いもんだよ。返してもらう為に、一体どれだけのお金を出して交渉したんだか。でも良かった。奇跡が起きて良かった。本当に、本当に良かった。返してもらうなんて、普通じゃありえないんだから」

一体誰を返してもらえたのだろうと、その晩考えた。一体どれほどのお金を支払ったのだろうか。北朝鮮では奇跡が起これば、人の命をお金と交換できる。なんて素晴らしい国なのだろうか。そのような素晴らしい国を作りあげ、いつまでも支配している金一家の肖像画を私は学校に行くだけで毎日拝《おが》むことが出来る――。

間違いだ！

私は、間違いを発見した。どうして、こんなにも簡単な間違いを見つけられなかったのか。教室にある肖像画は間違いである。学校中に飾られている肖像画は間違いである。

私は、ようやくすっきりした気持ちになった。コップにメロンソーダを足そうと、席を立った。火曜日のファミレスは、意外にも客で賑わっていた。時計に目をやると、もう昼時だった。サラリーマンやＯＬ、近くで働いているショップ店員らしき人たちで店内は混雑していた。だが、学校をサボり、新聞を広げてメロンソーダを飲んでいる中学一年生は私だけだった。

ゲームセンターの悪魔

太陽が西へ沈みかけていた。多分、西だと思う。

このまま真っ直ぐ家に帰ろうか、それとも着替えて一度十条駅に寄り、ニナたちと合流して、教室の肖像画についてどう思っているのか訊き出そうか悩んでいた。

結局私は、十条に行くことにした。

池袋駅から十条駅までは電車で一本だ。十条駅に着いてから着替える訳にはいかないので、仕方なくまたパルコのトイレでチマ・チョゴリに着替えた。誰にもワンピース姿を見られたくはなかった。十条駅には先輩もいる。制服で堂々としていなければ、サボったことが知られてしまうし、ニナ以外の人たちには体調がすぐれなかったということにしておきたかった。学校をサボって、まるで不良のように振る舞うのは好きじゃない。それに、私は不良なんかじゃない。ああいうものと一緒にされるのはごめんだ。地面に尻をつけて一〇〇円のバーガーは食べるかもしれないけど、まだ完全に品性を失った訳じゃない——と、この頃の私はそう強く信じていた。

放課後のこの時間帯には日本の学校の制服を着た学生たちもデパートの中を束《たば》になって歩いていた。あれが可愛い、これも可愛い、と楽しそうにはしゃいでいる。私は思わず立ち止まり、学生たちを眺めた。想像してしまったのだ。私がもし朝鮮学校へ転校することがなかったら、ああやって普通の制服を着て、その中に国籍を隠したまま、北朝鮮がミサイルを発射したって、最悪そのミサイルが日本の何処かに落下していたって、制服の中にひっそりと姿を隠し、他の同じ年頃の仲間と安全に過ごすことが出来たのだろうか、と。

私はふと懐かしくなって、パルコの地下にあったゲームセンターへ向かった。小学生の時、学校の帰りに友人たちとゲームセンターへ行き、プリクラを撮って遊んだ。撮った写真がその場でシールになって機械から出てくることに喜び、夢中になった。プリクラ手帳をクラスで見せ合いっこしては、互いに自慢しあった。数が多ければ多いほど、友達と親しい証拠になった。特に私が一緒にプリクラを撮った子は、クラスのボス的存在の子だった。私たちは親しかった。いつも一緒に悪戯をしたり、当時流《は》行《や》った歌の振り付けを練習したりして、廊下で踊ったりしていた。私たちの仲の良さは皆が知っていたが、私たちはプリクラでもそれを証明して見せた。あのままあの学校へ通っていたら、どうなっていたのだろう。

地下のゲームセンターへ行くには、一度外へ出なければならなかった。通りに面した別の入り口からエスカレーターで下ると大きな窓ガラスがあり、その奥にプリクラの機械が見えた。カーテンの中でふざけ合いながら写真を撮っている学生が沢山いる。足しか見えないが、はしゃいでいるのが十分に伝わってきた。膝上の短いスカートを揺らしている。私はチマ・チョゴリのスカートを握って、少し上に持ち上げてみた。膝はまるで見えない。

私は、ゲームセンターの中を一周した。外国の街中をもの珍しそうに、その国の人間を観察しながら、うろうろと行き先もなくただ歩いている外国人観光客のような気分になった。私はまるで迷子のようだった。歩くべき道が分からない。これが本当に正しい道だったのか。選択を間違えてやしないだろうか。皆、元気にしているのだろうか。井口はどうしているのだろうか。自分が何処にいるのかも、もう分かりゃしない。このゲームセンターにいれば、いつか彼女たちが現れるのではないかと、少しだけ期待している自分に気が付いた。

「何やってんだ」突然、背後から男の声がした。

声のした方を振り返ると、黒いスーツ姿の男が三人立っていた。四〇代くらいだろうか。三人とも背が高く、まるで格闘家のような体格だった。

寒気がした。男たちには表情がなかった。

「朝鮮学校か」

一人の男が、私が武器でも所持しているんじゃないかと疑うように、つま先から頭のてっぺんまでじろじろ眺めながら言った。サラリーマンでないことは明らかで、警備員という風でもなかった。肌は日に焼けたように小麦色だった。凛々《りり》しい眉毛は、厳しそうな男の性格を表しているようだ。私は恐る恐る頷いた。男は私の目を直視した。心の中まで見透かしてやろうというようだった。私は、しっかりと心の扉を閉めて、厳重に鍵《かぎ》もかけた。

「こっちへ来い」同じ男が言った。

あとの二人は何も言わず、しかし私が何処にも逃げられぬよう、しっかりと後ろに立ってついてきた。

前を歩いていた男はゲームセンターの入り口を出た所で立ち止まった。ちょうどエスカレーターの斜《なな》め前辺りで、降りて来た人たちが通らなければならない通路だった。私は、ほんの少しだけほっとした。

「何してんだ」男が訊いた。

変わらず無表情で、ただ訊いているだけなのか、怒っているのかさえ分からなかった。

「何も――」

「一人か」

「はい」

男は、ふーん、と納得したような素振りをみせてから、疑い深くゲームセンターの奥へ視線を動かした。その間に他の二人はいなくなり、そしてまたすぐに戻って来た。三人で何やら目配せし合うと、男は突然、手を後ろへ大きく振りかざした。

――殴られる！

私は、反射的に顔を手で覆って目をつぶった。しかし、やって来たのは男の拳ではなく、笑い声だった。それも、お前のことを腹の底から馬鹿にしているぞ、と、ただそう私にはっきりと聞かせてやりたいためだけの笑い声だ。

「殴られると思ったのか」男は訊いた。

返事をする前に少し縮こまった体をゆっくりと戻した。そうした後で、後悔した。怯えきっていることを再確認させられた。男の黒い瞳はまるでビー玉のようで、暗闇の底に深く沈んでいるようだった。同じ人間の目だとは、到底思えなかった。

殴られると思った。しかし私は頷くことすら出来なかった。

「安心しろ、警察だ」

私は驚いて顔を上げた。——警察？

「お前の学校に、リーとか言う先生がいるだろう」

「……リー先生？　はい、います」

「あの野郎、普段からあんな偉そうなのか」

「偉そう？　いえ、リー先生は優しいです」

「あいつが？　あの胸糞《むなくそ》悪い腹の出た野郎だぞ」

「腹……？」

「いちいち繰り返すんじゃねえ！」

「女の先生ですよね」私は少し早口になって答えた。

「おんなだあ？」

男が声を張りあげたので、私はびくっとして、また一瞬だけ縮こまった。

「ちげえよ、リーって男がいんだろ。お前どこの学校だ、十条じゃねえのか」

「そうです。でも、私は中学の先生しか知りません。もしかしたら高校の方に、その先生がいるのかもしれないですけど、でも、私は知りません」

そう言った直後だった。私は倒れそうになったのを窓ガラスに手をついて何とか持ちこたえた。何があった。左頬が蜂《はち》に刺されたように熱くなっていた。視界がぼやけている。

――殴られた？

そうだ。私は今、殴られたのだ。窓ガラスに反射しているゲームセンターの明かりが眩《まぶ》しい。私はそっと姿勢を元の位置に戻し、また真っ直ぐに立ち上がった。

「しらばっくれるなよ」

男は、お前の脳みそは空っぽか、とでも言うように左手で何度もしつこく私の頭を押すようにして揺らした。だが、私も負けず嫌いだ。今度は男の目を直視して、はっきりと、本当に知りません、と答えた。頭がくらくらするのを、なんとか正気を保つことで抑えようとした。負けるな。ここで泣くな。そう何度も心の中で言った。私は、男のことを睨み付けていただろう。そんなつもりはなかったが、当然そのような目付きになっていたと思う。男は舌打ちをした。

制服を着た同い年くらいの女の子が二人、エスカレーターから降りて来た。私たちを見るなり、少し戸惑った表情をした。引き返そうとしたところで、警察だと名乗ったスーツの男たちは何事もない様子で、どうぞ、と細い笑みを浮かべて親切に道を空けた。女の子たちは軽く会釈《えしゃく》をし、そのまま楽しそうな明かりの中へと去っていった。少し離れた所まで歩くと、ほっとしたように、びっくりした、何あれ、何かあったのかな、こわあい、と少し笑い声を混ぜながら言っているのが聞こえた。振り向くと、犯罪者でも見るかのような目で私を見ていたが、怯えたようにすぐに視線を逸らした。彼女たちが、怖いと呼んだのはどうやら男たちではなく、私のことらしかった。

「ここは邪魔だな。おい、お前――」男は顎《あご》で、こっちへ来い、と言った。

そして、迷わずエスカレーターの裏側へ回った。ゲームセンターの明かりはそこまでは届かず、影が深い。その暗闇に同化し、死角に入ってしまったら、あまりにも危険だ。私の頭に警報が響いた。けれど、体が震え出した瞬間、背後に立っていた男二人が背中を強引に押した。

私は無言のまま逆らい、重石《おもし》のように体を硬くして、両足の底を意地になったようにしっかりと地につけ踏ん張った。しかし体格のいい男二人に囲まれては、私の抵抗などチワワが震えながら吠えて威嚇《いかく》するより力のないものだった。腕を軽く掴《つか》まれただけで、あっという間にエスカレーターの奥の闇へと引きずり込まれた。

「まあ、いい。リーなんてのは。その内どうせ勝手に死ぬだろうよ」男は言った。

私は、最も闇の深い奥の角に立たされた。かろうじて男たちの後ろに明かりを確認することが出来る。私は助けを請《こ》うように、じっとその光を見つめた。男たちの頭で光はたまに遮られ、そして揺れていた。どうか悩まないで。お願い。助けて。光は躊《ちゅう》躇《ちょ》するように男たちの背後で揺れ続けた。

「朝鮮人ってのは、汚い生きものだよな」

男はそう言って、片手で私の顎をぐっとつかんだ。私は男の顔を見上げるような形になった。すると男は手を離し、まるで線でもなぞるように、ゆっくりと頬から口元へと指先を動かした。鳥肌が立った。男は、それを見て喜んだ。そして、気味の悪い笑みを浮かべた。

「肌は綺麗かもしれねえけどよ、心はどうなんだ、ん？」

男は、私の恐怖心をもてあそぶように、今度は首筋をなぞった。そして一気に、私の首を絞《し》めた。呼吸が苦しくなるほどの力、それでも何とかぎりぎり息は吸い込めるほどの力、人のことをあざ笑うように、私のことを完全に馬鹿にした加減をもって首を絞めてきた。そして、どうなんだ、と囁くように耳元で言った。

私は、その手を解《ほど》こうと必死の思いで、両手で男の大きな手に触れた。しかし、男の手は微動だにしない。酸素を吸い込もうとすると息がつまり咳が出た。両目からは我慢していた涙が零《こぼ》れ落ちていた。背にあたる壁が異常なほど冷たく感じられた。今に誰かが助けてくれるはず、と希望ともいえない希望に必死にしがみつく私の期待を、壁の冷たさが、もの凄いスピードで引き裂いていく。力いっぱい叫ぼうとした。しかし、首を絞められていては上手く叫ぶことすら出来ない。すぐ近くにあるはずのゲームセンターが、何十キロも先にあるように感じられた。学生たちの笑い声も、もう何も聞こえない。男たちの背後にあった天井の明かりが大きく揺れた。男は笑っていた。その笑みは冷たい壁よりも更に冷たく一瞬で私の心を凍らせ、微塵《みじん》に砕いた。

——殺される。

そんなことはないと疑いながらも、その想像から逃げられなかった。どうせ殺されるなら——。私は、残った全ての力を振り絞って男の脇腹あたりを膝で蹴飛ばした。

男は少し驚いた様子で舌打ちをし、つまらないものを見たかのように、笑った。鉄がこすれあうような不快な音が自分でもはっきり聞こえるくらい、歯を食いしばった。うう、と頼りない惨めな声がもれ、涙が洪水のように湧き出て、無残に流れ落ちていった。悔しかった。かすった程度だったのかもしれない。手ごたえなんて微塵もなかった。それでも、私は男のビー玉のような瞳を思いきり睨みつけ、声にもならない声をあげて言った。

「殺す」

蟻《あり》の息づかい程度の声だった。それでも、なんとか音にはなった。体の震えは止まっている。私は腹をくくった。殺される前に、せめて自分を救いたかったのだ。驚くな、ジニ。お前は今から殺されるかもしれない。でも、驚くな。

「やっぱりなあ。そうだろう。朝鮮人なんて所詮《しょせん》その程度だよ。心が汚ねえ、なあ」

男は怒りをあらわに、左手で首を絞めたまま、今度は反対の手で押し潰すように私の胸を摑んだ。私はショックのあまり大量の息を吸い込み、むせたような咳をした。激痛が走った。耳元に気色の悪い息を吹きかけられながら、私はただただ泣いた。

勝てない。こんな腐《くさ》った奴に、私は勝てないんだ。視線の先にあるぼんやりとした光を、かろうじて天井の明かりだと認識できるだけで、もう何も見えなかった。私の両手は変わらず、首を絞める男の手首を摑んで放さないが、摑むというより触れている程度だったかもしれない。人形のようにされるがままだった。男の手は、下半身へと伸び、陰部に触れた。私は驚いて、うっ、と声をあげた——その瞬間だった。男は突然手を離し、ボールでも投げるように私の頭を押さえて地面へ突き飛ばした。私は、勢いよく床へ転がった。その転がった姿勢のまま動けず、私は声を殺して泣きじゃくった。

男は何事もなかったかのようにさっとスーツの襟を整え、ワイシャツにゴミでも付いたかのように腹の辺りを二度叩いた。続けてネクタイを直すと、最後、吐き捨てるように言った。

「チクショー。汚いもんに触っちまったな」

男は後悔するように舌打ちをし、立ち去った。

北朝鮮からの手紙　3

遠く離れた父の家族へ

初めまして。私は、ジナと申します。びっくりさせてしまうでしょうが、私は、貴方《あなた》のお父様の娘です。お父様は、北朝鮮に来て、すぐに結婚をさせられました。ですから、私は貴方とは腹違いの姉妹ということになります。お父様からの手紙が途絶えて、もう何年も経ったことでしょう。今までご報告が遅れたこと、本当に深くお詫《わ》び申し上げます。最後の手紙を送って、まもなくお父様は亡くなりました。実を言うと、ずっと病に苦しんでおりました。しかし、病院には行けるはずもなかったのです。山を幾つか越えなければなりません。お父様には、そのような体力は残っておりませんでした。それに、山を越えて行ったとしても、やっとの思いで病院に着けたとしても、先生に診《み》てもらい、薬を頂くことはなかったでしょう。手紙には到底書けない深い訳があるのです。どうか察して頂けることを願います。私と母は、お父様が息を引き取るその最後の瞬間まで、ずっと傍で手を握っておりました。苦しんでいる姿を目の前に、何も出来ない無力な私たちの心は引き裂かれる思いでした。お父様は、本当に優しい方でした。私は、心からお父様を愛しておりました。ですから、亡くなってしまった時は本当に辛く、どうにもやるせない悲しみと怒りでいっぱいになりました。しかし、もうお父様が苦しむことはなくなったのだと思うと、ただそう思うと、少しだけ救われたのです。家のすぐ傍に、お墓を建てました。とても小さくて、貴方が見たら哀しむかもしれませんが、それが私たちに出来ることの、全てなのです。北朝鮮に来るようなことがこの先あるのなら、私たちは喜んでそのお墓まで案内致します。泊まる所がなければ、家にも泊まりに来て下さい。それまで、お父様のお墓は、私たちでしっかりお守り致します。

ジナより

秘密

雨が降っていた。傘《かさ》を持っていないことは好都合だった。私は雨に濡れて帰りたかった。濡れた車道に車のライトが反射して、眩しいほど輝いて見えた。その光に吸い込まれて、車にはねられるのも悪くなかった。しかし車道へ飛び出すには、歩道との間にある植栽を飛び越えなければならない。そんな力など残っていなかった。足を引きずるようにして歩いた。車が通らなければ歩道は真っ暗だった。私は、月明かりを頼りに歩き続けた。

男はきっと知っていた。私が誰にも言わないことを。警察にも行かないことを。男は、最初から全て知っていたのだろう。首を絞められただけなら警察に行ったかもしれない。だけど、そうじゃない。そうじゃなかった。だから、私は警察どころか、家族にも、友人にも、これから先、誰にも何も言わないだろう。雨と涙が混ざって、もう何も気にしなくてよかった。

オンマはその日、学校から私が来ていないと連絡を受けてから、警察にまで連絡をして、一日中大騒ぎをしていたようだった。家に着いた私はそのことを特に謝りもせず、真っ先に部屋へ向かい、すぐにチマ・チョゴリを脱ぎ捨てた。ぶかぶかのTシャツと短パンに着替えても、気持ちは少しも楽にならなかった。

チマ・チョゴリは、確かに汚れていた。けれど、雨でびしょ濡れになった今となっては関係ない。顔にも体にも大きな傷やアザは無かった。私が、ここが痛い、と言わない限りは無傷だった。自分の体に触れることが、とても怖かった。レイプされた訳でもないのに。そう。私は、別に犯《おか》された訳でもない。犯された訳でも、アザが出来るほどの暴力を振るわれた訳でもない。

——なのに、どうしてこんなにも苦しい。

私は、とうとうこらえ切れなくなり、思い切り叫んだ。大地にひびが入って、空が割れて、世界など私もろとも壊れてしまえばいい。ゼウスの稲妻が降って、富士山だって、ハルラ山だって、白頭山だって、全て粉々になってしまえばいい。どうせ国境なんか誰かの落書きだろう。その落書きのせいで、どうしてこんな目に遭《あ》わなきゃならない。どうして。

「ジニ！」一階から私の名を叫ぶオンマの声がした——来る。

息を荒くしながら、急いで部屋の家具を扉の前にかき集めた。オンマは私の部屋の前で、それでも無理に扉を開けようと力いっぱい押している。だが、私は短時間の間に本棚まで移動させ、そこにありったけの本を詰めていた。オンマ一人の力ではどうにも出来なかった。

「ねえ、何かあったの。お願い。話して」

オンマは弱々しい声でそう言うと、お願い、ともう一度呟いた。私は何も言わなかった。

「知ってた？　今日、チョゴリで学校に行った子は一人もいないの。ジニだけなの」

私は耳を疑った。

「みんな体操着を着て行ったの。昨日の午後には、もうミサイルのニュースが流れてたから、今日からは体操着で登校することに決まってたんだって。だから、本当に、何処にもいないから、もうどうにかなっちゃったんだと思って――」

オンマは苦しそうに息を吐き、鼻水をすすった。

私は今日一日、自分に降りかかった悪夢を一つ一つ嚙み締めるように思い出し、とめどなくこみ上げる悔しさと絶望を押し戻すように爪で力いっぱい腕を引っかいた。積み重なった家具の前に体育座りをして、背中をまん丸にして縮こまり、何度も何度も腕を引っかいた。皮膚が破れて、小さな、本当に小さな白い皮が沢山、山と谷のように浮かび上がった。その間を一本の赤くて細いマグマのような熱を秘めた川が、流れるように手首の方へ下っていった。川は、どんどん増えていった。

「学校、戻ろうか」オンマが言った。

私が返事をしないでいると、もう一度、日本の学校に戻ろうか、と訊いた。

私は答えなかった。黙っている間も、オンマは辛抱強く返事を待ち続けた。扉一枚挟んでいたけれど、オンマの覚悟は分かった。返事を聞くまで離れないつもりだ。

「もう戻れない」はっきりとした口調でそう答えた。

「どういう意味？　どうして戻れないの」

「戻れない。ただそれだけ」

「ねえ、聞いて。お願い。ちゃんと聞いてね。今日、学校の近くで、自転車に乗った男に唾を吐かれた子がいたんだって。ジニも、今日何かあったの？」

「何も」

「何もなかったの？」

「何もない」

「本当に？」

私はまた黙った。

「じゃあ、どうして叫んだの。何かあったから、そうやって叫んだんでしょ」

「さあ。知らない」

「お願い。ジニ。お願い。話して」

「何もないっつってんだろ！　いい加減にしろよ！」

私は扉に向かって本を投げた。オンマは悲鳴を上げた。そして扉の向こう側で泣き出した。体が一気に重たくなった。その重力に任せて、棺桶《かんおけ》に入ってしまいたかった。誰の泣く声も聞きたくない。うんざりだ。両耳を手で塞《ふさ》いで、重たい目蓋《まぶた》を閉じた。疲れた。しんどい。何もかも。消えてなくなってしまえばいい。ただ、一人にして欲しいだけなのに。眠ったら、もう二度と目覚めなければいいのに。

革命家の卵

私は、学校を休み続けた。アッパは早めに仕事から帰って来るようになった。家ではふざけたりして、何とか明るく振る舞っていた。何があったのか、何を考えているかは訊かず、話せるようになったらという立場でいてくれた。とても楽だったし、もの凄く助かっていたけど、オンマがそれに影響を受けることはなかった。少しでも打ち解けた雰囲気を見せると、その隙を狙《ねら》って、無理に心をこじ開けようとした。それが私の為になるという考えだったのかもしれないが、結果、私は次第にオンマを遠ざけるようになっていった。

そのせいもあったのだろう。オンマは溜まった怒りの全てを学校にぶちまけていた。朝鮮語が出来ないと知っていて、どうして連絡を怠《おこた》ったんだ、と電話の相手に怒鳴り散らしたりしていた。

学校へ行かなくなって三週間が経っていた。ニナからの電話も全て拒否し、私は誰とも話さずにいた。

その日の朝、私は何かが窓をつつく音で目覚めた。起き上がって窓の方へ目をやると、スズメがいた。起きろ、起きるんだ、と言わんばかりに窓をつついていた。

最初は一羽で、しばらく経つと、もう一羽飛んできた。そして同じように窓をつつき始めた。と思ったら、最初のスズメは何処かへ飛び去り、また一羽だけになった。手を伸ばし窓に触れようとした瞬間、スズメは飛んでいなくなった。

スズメがいなくなってしまうと妙な寂しさに襲われた。

転がったままの本やアルバム、飲みかけのジュース、中途半端に並べ直した家具、油性ペンで乱暴な言葉を落書きされた机、洋服がめちゃくちゃに積み重なって散乱したクローゼット、床に落ちている宇宙人の呪いの言葉のような詩――。

ベッドの上から部屋を見回すと、人の生気を一瞬で吸い取ってしまうような、そんなどうしようもなく重苦しい沈んだ空気が部屋中に充満していたことに気が付いた。

時間はある時から止まったまま、良くなる傾向なんて何処にも見えなかった。スズメはわざわざ窓をつついて、そのことを知らせてくれたのだろうか。まさか、と疑ってみたものの、どうして私の部屋の窓をつつくことにしたのか、答えは他になかった。

その日、オンマが駅までアッパを迎えに行っている隙を狙って、私はニナの家へ電話をかけた。呼び出し音が三、四回ほど鳴り、ニナのオンマが出た。

私は仕方なく自分の名前を名乗り、ニナはいますか、と訊いた。ニナのオンマは、ジニなの、まあ、元気なの、学校には行かないの、何があったの、などと立て続けに尋ねてきた。まともに会ったこともない相手なのに、どうせ噂の種にでもされるのだろうと思うと、悪態《あくたい》をつきたくなる。受話器を思い切り叩きつけてやりたい衝動を抑えて、馬鹿みたいにへらへら笑って、元気ですよ、もうすぐ行きますよ、大分休みましたからね、と答え、ニナはいないのでしょうか、ともう一度訊いた。

「いるわよ、ちょっと待ってね」ニナのオンマは朝鮮語で言うと、電話を保留にした。

聞き覚えのあるクラシックが流れて、私は少しだけ受話器を耳から離した。保留中のクラシックが好きじゃないのだ。壮大な原曲をこんなふうに可愛くアレンジするなんて、まるで冒瀆《ぼうとく》だといつも思っていた。私は苛立ちを紛《まぎ》らわすように、部屋の窓から外の駐車場をレースのカーテン越しに眺めた。

「ジニ！　ジニなの？」ニナが声をあげて言った。「大丈夫？　ごめんね？　本当に、ごめんね」

「何が？　どうして謝るの？」

「だって私、体操着で登校すること伝え忘れたから」

「何言ってんの。そんなのニナのせいじゃない。元々は、あれだな、私がサッカー部の応援をサボったからなんだ。連絡を聞かなかったのは私なんだから」

ニナは黙った。

「ごめんね。何はともあれ、大丈夫だよ。ありがとう。それに、制服だとか、体操着だとか、そんなの関係ないよ。ただ休んでただけなんだから」

「うそ」

「本当」

「じゃあ、どうして休んでるの？　なんで学校来ないの？」

「学校ね――そうそう、最近の学校はどう？」

ニナは、うーん、と少し悩んだ後で、子機に変えるから待ってて、と言い、また電話は保留になった。私はあの忌々しいクラシックをもう一度聞く羽目になった。その間、私はまた思い出したように窓から駐車場を眺めた。

「もしもし」と言ってから、ニナは返事を待たずに、すぐに話し始めた。「あのミサイルの事件あったでしょ？」

ニナは、ミサイルという言葉を慣れた感じでさらっと言った。軽々しくという意味ではない。ただミサイルは、彼女にとっても非現実的なことではない、という感じだった。

「あの後は、本当に大変だったんだよ。学校に脅迫の電話が来てね、水道水に毒を盛ったとか言われてさ、全ての蛇口にガムテープが張られたの。校内にある自販機も禁止になってね、水筒とかコンビニで飲み物買ってハッキョ（学校）に行ったんだよ。

でもその代わり、休み時間はいつでも外出して良くなって、ほら、買い忘れるアホもいたりしたから。何人かは、先輩も含めて男子たちの間で、ガムテープを剝《は》がして飲んでみた人がいるって噂も聞いたけど、本当だとしたら馬鹿よね。それで根性比べでもしたつもりなんだよ。馬鹿馬鹿しい」

「それで、今はどうなの？　まだガムテープ張られてるの？」

「ううん、もうない。調べたらしいよ。やっぱり、ただのハッタリだったみたい。まあ、そうだろうとは思ったけどさ。でも、本当に怖かったよ。女子生徒を捕まえて、全裸にして吊《つ》るしてやる、なんて電話もあったらしくて。まあ、それもただの脅《おど》しね。結局は、実際に何かをしてやろうって人はいなかったみたいだけど、でも唾を飛ばされた子はいたらしいの」

「ああ、それなら聞いた」

「ねえ、なんで学校休んでるのか、訊いちゃ駄目？　話したくない？」

「それは……。全然、大丈夫だよ。平気。でも、小さいことなんだよね、今思えば」

「なに？」

「その、ミサイルが発射された次の日さ、肖像画について考えてたんだ」

「肖像画？　なんの？」

「教室にある肖像画だよ、金日成と金正日のさ」

「ああ、あれ？」

「ニナは、肖像画に対して何とも思わないの？　何か感じたことはない？」

「うーん。特にないかな。だって、あれずっとあるし。別に意味なんてないし」

「意味はないのかな」

「ないよ」

「じゃあ、外してもいいんだよね」

「それは駄目だよ」

「どうして？　意味がないのに、なんで外しちゃいけないの」

「外せないよ」

「どうして？　じゃあ、意味はあるってことだよね」

「私たちが決められることじゃないよ。もっと上の人たちが決めることだもん。学校の人間が決められることでもないと思う。もっと上な気がする」

「もっと上って、総聯とか？」

「その類《たぐい》かな、うん、多分ね」

「あいつら、学校にもいないのに。外してもバレなきゃ良いんじゃない？」

「あいつらって……。もう、ジニのバカ。バレるに決まってるでしょ。っていうか、そんなこと考えて休んでたの？」

「まあね」私は嘘を吐いた。

「何それ。本当なの？　信じらんない。ジニはさ、なんでも考えすぎだよ。もっと楽に生きればいいのに。肖像画のことをジニが考えたとしても、なんの力もない子供が何か出来る訳ないじゃない。あれは確かに、外せるなら私もなくなって欲しいと思うよ。だって気持ち悪いしさ。でも、私たち子供が何か出来る問題じゃないよ。だから考えるだけ無駄だよ」

「何か出来る問題じゃないって本当にそう思ってるの？」

「当たり前でしょ。誰がすすんで、そんな無謀なことするの。叩かれるに決まってるのに。革命でも起きない限り、あれはあそこに在《あ》り続けるの、分かった?」

私はしばらく沈黙した。駐車場のシャッターが開く音がして、外を見やると、車庫に車をしまおうとオンマが車をバックさせていた。

「聞いてる?」

「ね、誰にも言わないで欲しいんだけど」

「なに?」

「私、実は、革命家の卵なんだ」

「なに、突然。もうバカバカ、パーボ!」

「あ、パーボの意味は知ってるんだからね」

「だから何、さっきから同じこと言ってるじゃん、バカ」

「もう電話切らなきゃ。オンマが帰って来た」

「分かった。じゃあ、明日、駅で待ってるよ?」

「なに?」

「明日、駅で待ってる。だから、学校来てよ。ジニがいないと、つまんないよ」

「――――」

「ねえ、お願い。明日は、きっと良いニュースもあるから」

「何それ？」

「来たら分かるよ」

玄関の扉が開く音がした。

「分かった。じゃあ、明日。もう本当に電話切らなきゃ。またね」

「うん」

「そうだ。最後に、ニナ、ありがとう」

「ううん、こちらこそ。電話してくれて、ありがとう。待ってるね、バイバイ」

私は、すぐさま電話を切った。

心臓が、ばくばく鳴っていた。

――革命家の卵。

なかなか良い響きだ。それから夕飯の時間まで、革命について考えた。小学校から朝鮮学校に通っているニナが、日本の学校に一度も通ったことのないニナが、肖像画を外せるなら外したいと言った。気持ちが悪い、意味のないものだと――。しかし、それは違う。意味はある。大きな意味が。どんな意味があるのか、それは、私にも分かりそうもなかった。だけど、それがあることで、どのような意味をもたらしてしまうか、それなら分かる気がした。北朝鮮のミサイル事件の影響は学校にも大きな影を落としたからだ。

実際には何も起きていない。ただのハッタリ。ただの脅迫。ふざけんじゃねえ。怒りで体が震えた。あの日から重くなってしまった体が、今は動きたくてうずうずしている。

革命――その言葉を頭の中で何度も繰り返せば繰り返すほど、全身を燃やし尽くしてしまいそうなほどのエネルギーが体に溢れてきた。今にも爆発しそうだった。煮えたぎるマグマのようで、噴火寸前という感じだ。私は、喜びを感じた。

ようやく戻って来た。いつものジニが、帰って来た。

宣言

今こそ立ち上がろう！　自分の為、未来の生徒たちの為に！

北朝鮮に住む人権・人命を踏みにじられている民の為の、世界中の拉致《らち》被害者たちの為の、命をかけて脱北した人たちの支援・応援をする為の、国際社会に目を向ける組織に我々がならなければ、罪深い金政権、その肖像画を飾る朝鮮学校への全ての批難は、我々生徒に「飛んで当たり前」の世のままだ。我々は、金政権と共にはないと世界に示さなければならない。金政権は遅かれ早かれ必ず崩壊する、しなければならない。その日には、朝鮮学校の生徒も今まで以上の批難・差別・暴行を受けることになるだろう。世界が歓喜に溢れるなか、民族の美しい文化・芸術を守ってきた学校は崩壊し、生徒たちはまるで罪人のように生きていくことになる。そんな未来、私には耐えられない。生徒諸君には耐えられるのか。大人たちは、組織の言いなりである。ならば学校中の肖像画は我々の手で外してあげようじゃないか！

朝鮮学校に通う生徒諸君。

「歴史」と聞いて昔の話のように感じる人がいるのならば、それは大きな間違いだ。今の歴史は私たちが作っている。かつて、確かに在日朝鮮人・韓国人は被害者であった。しかし、我々がただの被害者であった時代は、とうの昔に終わったことなのだ。

北朝鮮はミサイルを発射した。大人たちは、「あれは人工衛星であった」と発言した。しかし、ミサイルであろうが、人工衛星であろうが、それは我々にとっては、どちらでも同じ結果となったことだろう。どちらにせよ、我々は、校内の水に毒を盛ったと脅され、唾を吐かれたに違いない。

本当に子供たちを守りたいのであれば、平和の為に戦うことを恐れる民族であってはならない。それは、我々生徒も同じことだ。我々は大人の言う通りに行動をし、人の命を何とも思わぬ人間の肖像画の前で、まるで拝むような姿勢で勉強をしている。

「昔からあった」「意味はない」「支持したことはない」「関係ない」。それは確かに事実ではあるが、登校しないという選択肢を持っている限り、ただの言い逃れのようにも聞こえる。

一体、世界中の何人《なんぴと》が信じるだろうか。何故なら日本に住む私たちは反抗できる立場にあるからだ。周囲と同じように流されて生きていく人間になってはならない。声を上げること、行動することを恐れる人間になってはならない。生徒諸君よ、この状況から目を逸らさずに向き合おう。

今回のことで、今まで以上に北朝鮮への注目は集まり各国に緊張が走っている。今後、更なる批判も増えるだろう。そうすれば日本で一番に危険にさらされるのは、私たち朝鮮学校に通う子供、弱者である我々生徒だ。そうなる前に、まさに今、行動に移さなければならない。悩むのではなく考えるべきだ。想像すべきだ。世界中の人間に見えていて、我々生徒に見えていないことは一体なんなのかを。肖像画を外すだけで何が変わるのか、そう思う人もいるだろう。はっきりと言おう。あるとないでは大いに違う。そして、これは最初の一歩にすぎない。共に立ち上がろう。誰かの正義じやない。己の正義を今こそ見つめ直そうじゃないか！

最後の仙女

ニナは電話で約束した通り、十条駅で私を待っていた。私の姿を確認するなり、何十年も会っていなかったように大袈裟《おおげさ》に手を振った。長い間握り締めていたのだろう、しわくちゃになったハンカチを手にしていた。しかし、ニナは待っていた素振りも見せず、おはよう、と私の緊張を解くように優しく微笑んだ。

私は、昨日の晩から、ずっと緊張し続けていた。夕ご飯を食べながら、学校へ行く、とオンマに言った時も、正気か、と自分に問いかけた。オンマはほっとした様子で、そうね、そろそろ行かなきゃね、と独り言のように呟いた。

それから、元々綺麗だった私の体操着を何故かまた洗濯し、チマ・チョゴリのスカートのひだに一枚一枚、丁寧にアイロンをかけた。今も登校は体操着で、学校に着いたらチマ・チョゴリに着替えることになっているらしかった。

「教科書はちゃんとしまったの？」

オンマは、アイロンをかけながらそう訊いた。

「しまったよ。大丈夫」私は、何ともなさそうな表情で答えた。

だけど実際は、鞄を見られたらどうしよう、とドキドキしていた。コンビニで何百枚もコピーした声明文を、教科書の間に挟むようにして隠していたのだ。

ニナと会い、さっそく学校に向かって歩き始めると、近くにいた同級生や先輩たちが私に気が付いた。たまに、ジニ、と呼ぶ声がして振り向くと、笑顔で手を振ってくれた友人もいた。そして、おかえり、と必ず付け足した。

先輩たちは、ひそひそと小声で何か囁き合うだけだった。私は、その間を颯爽《さっそう》と通り抜けてやった。もちろん強がりではあったが、気持ちは良かった。

学校は、何も変わっていなかった。いつもの警備員が入り口に立って、いつものように生徒たちを迎えていた。私は、鞄に隠した声明文の後ろめたさからことさら子供らしい笑みを浮かべて挨拶をし、そそくさと下駄箱へ向かった。そこで久しぶりに上履きを履くと、学校に来たな、と実感した。

それからニナに連れられて、二階の使われていなかったはずの教室へ入った。中学一年から三年までの全ての女子生徒たちが、その部屋で体操着からチマ・チョゴリに着替えていた。

教室のカーテンは二重に閉められていて、太陽の光は完全に遮断されていた。普段そこで授業が開かれる訳じゃない。その教室に最後に入ったのは、チーズドッグを買いに行った時に喧嘩になった高校生とリャン先生と話し合いをした時だった。電球は幾つか切れたままで、女子生徒はその薄暗い部屋で、体操着からチマ・チョゴリに着替えていた。私はその光景を、まるでカメラのレンズ越しに眺めるように、呆然と見つめた。ニナを含め、全ての女子生徒たちが、平然と着替えをしていた。それが、とても不快に感じた。どうして、そんな当たり前みたいな顔で着替えられるのか。着替えながら冗談を言い合って、笑い声まで響かせて。

――三週間。三週間も経てば、これが日常になるのか。絶対に駄目だ。絶対にこれが、日常であってはならない。私たちは気付き、認識し、考えなければならない。悪いのは、脅迫してきた連中だ。そのことに間違いはない。しかし、どうしてそうなったのか。そもそも、どうして脅迫なんて受けるのか、そのことから私たちは目を逸らさず、考えなければならないだろう。悪いのは、誰だ。理由は、なんだ。その核にあるものは、なんだ。

「ほら。早くしないと。先、行っちゃうよ？」

真っ白な袖《そで》に細い腕を通しながら、ニナが言った。

ニナは、朝鮮伝統芸能の一つである朝鮮舞踊を練習する舞踊部に所属していた。幼い頃から習ってきたらしく、身に染み付いた舞踊部らしい繊細な手つきで、丁寧にチマ・チョゴリの青く長い紐をくるりと巻くと、右胸辺りで片結びをした。足首が見える程度の長くて、細かいひだが幾つも付いた夏用チョゴリは、まるで踊るように優雅に揺れていた。

ニナは髪をかき上げて、綺麗なお団子を作ると、黒いゴムでしっかり結んだ。舞踊の振り付けでもするように、両手でそっと襟を整え、袖を優しく撫《な》でるようにして、しわを伸ばした。そして、スカートのひだを一枚一枚確認するように手入れすると、ようやく顔を上げて、満足そうに微笑んだ。

美しかった。とても似合っていた。私は、突然泣きたくなった。

「大丈夫？」

「思い出したんだ」

「何を」

「チョゴリ忘れた」私は、またもや嘘を吐いた。

「えっ、本当に」ニナは朝鮮語で言った。

「うん」

「先生に言えば大丈夫だよ。体操着で目立っちゃうとは思うけど」

「構わない。チョゴリ着てたって、どうせ目立つよ」

教務室までは、ニナも付いて来てくれた。先生たちは久しぶりに私の顔を見ると、歓喜の声を上げて笑顔で迎え入れた。リャン先生は、久しぶりね、と朝鮮語で言い、泣きそうな顔をして熱いハグをしてきた。私は、ハグを返さなかった。

チマ・チョゴリを忘れたことを告げている途中、話しかけてもいないのに、気にするな、とロリコン教師が声をかけてきた。とりあえず、はい、とだけ返し、他にも色んな先生が代わる代わる同じ挨拶を繰り返してくるせいで、かなり疲れてしまった。

そうして、やっとの思いで教務室を後にし、懐かしい教室に入ると、再び、久しぶり、おかえり、という言葉を浴びることになった。

「ジニ！　待ってたよ、心配してたんだよ」

「ありがとう、ごめんね」

「あれ？　チョゴリは？」

「忘れちゃったんだよね」

「そうなんだ、大丈夫だよ、気にすることない」

「ジニ！　おはよう、おかえり！　学校来たんだね」

「うん、おはよう」

「待ってたよ、皆すごく心配してたんだよ」

「ごめんね、ありがとう」

「あれ、二階でチョゴリに着替えられるよ？」

「うん、知ってる、忘れちゃったんだ」

「あらま」

「あれー、ジニ？　ジニ、来たの！　アンニョン、久しぶり」

「久しぶり」

「大丈夫？　元気？」

「うん、大丈夫だよ、そっちは元気だった？」

「元気だよ、皆元気だったよ」

「そうか、よかった」

「あれ？　体操着のままなの？」

そう、体操着のままなの、元気です、大丈夫、ただいま、心配してくれてありがとう。

……挨拶で疲れ果ててしまったせいで、授業中のことはほとんど覚えていない。ただ、肖像画が目に入ると無意識に頭痛がするほど睨めっこをしていた。机の上には腕以外、何も置かなかった。それでも病み上がりということになっている私が注意を受けることはなかった。どの先生も気を遣って、励ますように声を掛けて来た。

「ね、先に体育館行ってるね」

私と金一家の間に割って入るようにして、ニナが言った。

「体育館？　なんで」

「良いニュースがあるって電話で言ったでしょ？」

「何すんの。てことは、授業減る？」

「多分、一時間くらいね」

「やった。呪文聞いてると寝そうになるから、もう睡魔と闘うので必死だったよ」

「呪文って――」と、ニナは複雑な笑みを浮かべた。

私は一階の舞台から三列目の席にいた。ニナは何処にもいなかった。

舞台上の真っ赤なカーテンが開かれると、特大の金日成と金正日の肖像画が姿を現した。マイクを片手に持ったオッサンが朝鮮語で演説を始めた。演説の途中、全校生徒、そして先生たちが拍手喝采《かっさい》して、皆、喜んでいる様子だった。

「ヒャンウン、ヒャンウン！」

私は振り返り、斜め後ろに座っていたヒャンウンに向かって叫ぶように訊いた。

「しーっ！　何？　どうしたの？」

「何て言ってるの？」

「明日から、またチョゴリで登校だよ、それだけ」

「――うそ。うそだ」

「ほら、前向いて、ニナが出てくるよ」

舞台の方へ顔を向けると、太鼓《たいこ》が一〇台、真っ直ぐ横一列に並んでいた。日本の太鼓とは違い、二メートルほどの高さに、フライパンほどの大きさの太鼓がぶら下がっている。その前に立って腕を伸ばすと、ばちで叩ける高さに太鼓はあった。

嵐の前の静けさのような緊迫した沈黙が続いた体育館に、突然スピーカーから大音量の朝鮮民謡が流れ始めた。冬の幻想的な透き通った海を想いおこさせる、美しい衣装に身を包んだニナが、まるで仙女のように両手を大きく広げ、両手の先まで伸びた衣装のひらひらも自分の腕の延長であるかのように動かし、宙を泳ぐように舞い踊った。

ニナは上級生に囲まれながら、堂々としていた。私は感動のあまり震えた。

「ヤンスンー！」

観客席から誰かが叫んだ。舞台上に立っていた女の人が、一人、恥ずかしそうに微笑んだ。

両手にばちを持った一〇人全員が、観客席を向いて、太鼓の前に立ち並んだ。スピーカーから流れる民謡と合わせるように、左手のばちで一度、二度、そして三度、太鼓を叩くと、今度は連続して太鼓を鳴らしながら、上半身を反《そ》らせるような体勢で、その場でくるりと回転した。一〇人の息はぴったりだった。回っている間も、誰も太鼓の音を外さなかった。大きな拍手が上がった。私も手の平に痛みが残るほどの拍手を送った。

ニナは、満面の笑みを浮かべながら、右から三番目の太鼓を叩いていた。作り笑顔ではなく、本当の幸せを感じさせる弾《はじ》けるような笑顔だった。ニナは、太鼓の前にしゃがむようにして、すっと座ると、小さな波を打つように、両腕を動かした。波は、最初は小さく、徐々に大きくなっていった。ニナがしゃがんだ姿勢で踊っている間、両側の人は立ったまま太鼓を叩き、またその隣の二人は、ニナと同じようにしゃがんで煌《きら》びやかな青い衣装を生きているかのように揺らした。列になった一〇人が、そうして五対五に分かれ、交互に立ち上がり太鼓を叩いては、舞った。まるで戦っているようだった。どちらが勝つのだろうかと、私は緊張して唾を飲み込んだ。

「ニナー！」

二列後ろに立っていたジェファンが叫んだ。目が合うと、ジェファンはにっこり微笑んだ。

私は、せーの、と口を動かした。

「ニナー！」

ジェファンと声を揃えて、そう叫ぶと、ニナは口を一層大きく広げて笑った。

ニナは舞い続けた。その美しい青い衣装を着て生まれてきたのではないかと思うほ

ど、観る者を魅了した。交互に繰り広げられていた太鼓や舞は、徐々に重なってい
き、一寸の乱れもなく、全員が同じ高さに両手を広げ、同じ速さで宙を舞い、同じ力
加減で太鼓を叩いた。和解をしたのか、戦争が終わったのか、平和が再び訪れたのか
——。

「そんな訳なかろう」

ニナの背景に忍んでいた金一家の肖像画が笑っていた。

曲が終わった。ニナを含めた一〇人の踊り子たちは、しっかりと揃えてお辞儀をすると、やりきったという満足気な笑顔で、観客席に向かって大きく手を振った。体育館は、地鳴りが聞こえてきそうなほどの拍手喝采で揺れた。興奮が一階から二階の隅々まで満たした。

ニナは私を探しているようだった。私が手を振るとすぐに気付いて歯を見せて笑い、手を振り返してきた。そのニナの姿と、巨大な肖像画が同じ視界に収まった時、ニナの言葉がよみがえった。

「ジニはさ、なんでも考えすぎだよ」あの時、ニナは電話でそう言った。

考えすぎ。確かにそうかもしれない。

「肖像画のことをジニが考えたとしても、なんの力もない子供が何か出来る訳ないじゃない」

そうなのかな。力なんてないのかな。

「あれは確かに、外せるなら私もなくなって欲しいと思うよ。だって気持ち悪いしさ」

じゃあ、外そうよ、一緒に外そうよ。

「でも、私たち子供が何か出来る問題じゃないよ」

子供、子供、ってそんなの言い訳だよ。

「考えるだけ無駄だよ」

でも、もし水道水に本当に毒を盛られていて、それをニナが飲んでしまっていたら？　それでも、考えることは無駄なのかな？

「誰がすすんで、そんな無謀なことするの。叩かれるに決まってるのに」

そんなことしでかしそうな人間なら、一人だけ知ってるよ。

「革命でも起きない限り、あれはあそこに在り続けるの、分かった？」

分かった。分かったよ。

舞台上に立つニナは、微笑を浮かべる肖像画の前で、最後にもう一度、私に向かって手を振った。

最初で最後の革命

舞踊の公演が終わると、私たちはすぐに各教室へと戻った。私は誰よりも先に、一番に体育館から飛び出した。右側にある中等部の建物へ風を切るように全速力で走った。朝鮮学校の校舎は、コンクリートの灰色そのままの、まるで廃墟《はいきょ》のような外観だ。

連絡口から土足のまま駆け上がる。誰もいない。静かだ。先生も警備員も誰一人いない。私の足音と吐息だけが、廊下に響いている。速度を緩めることなく階段を駆け登る。二段飛ばしで身軽にジャンプしてみせた。一年生の教室は一番上の階だ。螺旋《らせん》階段を登るように、一階、二階、三階と何度も円を描いて、ようやく四階の教室に辿り着いた。誰もいない教室は、とても神聖な場所に見えた。ベランダの窓から差し込む太陽の日差しは半分カーテンに遮《さえぎ》られ、柔らかい光の影が教室を優しく照らしていた。教室がより一層、愛おしく見えるよう演出されているみたいだ。その光の中に舞う白い埃までも、まるで小さな妖精みたいだ。ただ、黒板の上に居座る、いつもの金一家がそれを汚していた。北朝鮮は支配できても、国境を越えた日本の朝鮮学校までいつまでも同じとは思うな。こんな学校の体制のせいで、くだらない大人の誇りのせいで、大切な友達まで傷付くようなことになったら、学校もろともぶっ壊して、お前等にだって地獄を見せてやる。

私は自分の机へ駆け寄ると、急いで鞄から声明文を取り出し、再び廊下へ出た。その時には、もう階段を上がってくる生徒たちの無数の足音が響き渡っていた。無邪気な笑い声から、男子たちのふざけ合う大きな声も聞こえる。声明文を数十枚、適当に手で掴み取った。そして声がする方目掛けて一気に投げた。紙は宙を舞った。すぐ近くに落ちたのもあれば、理想通り下の階へ落ちていったものもあった。沢山の紙が、変化と自由を求めて羽ばたいた。それをしっかりと見送った後で、廊下にもばら撒《ま》きながら颯爽と歩いた。細長い廊下に、紙はぶち猫の斑点模様のようにまばらに散った。

「何か落ちてるぞ」男子がそう朝鮮語で言った声が階段の方から響いた。

その声を背に、またすぐに教室へ戻り、私は教卓の上に登った。わずか数枚しか残っていなかった残りの声明文を、天井から落とすようにして全てばら撒いた。木漏《こも》れ日《び》のような日の光の中に、最後の声明文は確かな足跡を落としていった。それから黒板の方へ振り返り、肖像画へ手を伸ばした。肖像画は紐で壁にひっかけてあるだけで、簡単に外れた。壁には見事な長方形の跡が残っていた。その長方形のくっきりとした白さに、一体どれほどの年月、教室に飾られていたのだろうと想像させられ、ぞっとした。

「ジニ、なにやってんだよ」

ジェファンが保健所から脱走した狂犬でも見るような目で、教卓の上に立って肖像画を抱えている私を見上げていた。もし、あのゲームセンターにも突然ジェファンが現れていたら——何故か、私は想像していた。涙が出そうになった。

「ジニ、落ち着けよ」

ジェファンは、私を刺激しないよう、ゆっくりと足音を立てずに歩み寄りながら、宥《なだ》めるように言った。他のクラスメイトたちは、強張《こわば》った表情で静かにそれを見守った。

「池袋のゲーセン、パルコの」

「何？」

「行かないで」

私はそう言って肖像画を一気に振り落とした。悲鳴が上がった。肖像画はちょうど教卓の角にぶつかった。ガラスの板が割れて、破片が床へ飛び散った。金正日はようやく生身の姿になった。そして、問題が分かったのかい、私にそう囁いた。教室の入り口には、一気に人だかりが出来た。その誰もが息をのんでいる。

「なんの騒ぎだ」ロリコン教師の声がした。時間がない。

「北朝鮮は――」私は声を張った。「金政権のものではない。私たちは、人殺しの生徒ではない。肖像画は、ただちに排除する。北朝鮮の国旗を奪還せよ！」

気が付くと、そう叫んでいた。

「ジニ、お前――」

ロリコン教師は教卓の上に立つ私を見るなり、生徒たちを押しのけて、見たこともない顔でこちらへ走ってきた。私はすぐさま教卓から飛び降りた。ベランダへ出ようとした――その時、衝突するような音が鳴り響いた。テポドンでも仕掛けられたか――驚いて振り返ると、ロリコン教師が机の脇にかかっている鞄に足を引っかけたらしく、机が倒れて誰かの教科書と筆箱が大胆に床に飛び散っていた。その後ろからは、リャン先生も続いてやって来た。私は焦《あせ》ってベランダの扉を力任せに開けた。扉のガラスも割れたのではないかと思うほどの音がした。しかし、振り返って確認をする暇などない。四階から下を眺めると、生徒たちは皆すでに校舎の中へ移動したようだった。外には人一人いない。今がチャンスだ。腕を大きく後ろへ振って、肖像画を二枚とも思い切り外へ放り投げた。地面にぶち当たり、完全に崩壊する様を見届ける前に、ロリコン教師とリャン先生に両腕を摑まれ、私は引きずられるようにして、ベランダから引き戻された。

ジェファンの顔を見ることは出来なかった。女子のすすり泣く声が聞こえた。そのまま廊下の方まで引きずられた時、その声の主がユンミであったことを知った。

「どうして」

ユンミがそう口を動かしたように見えた。ニナの姿は何処にも見当たらなかった。

ある空間

異常と正常を見極めるのは誰の仕事なのだろうか。神か。それとも人間か。私は、その二つの世界の狭間《はざま》にいた。宣告待ちだ。外の世界からは、すっぽりと隠されていた。しかし、こちらの世界は間違いなく存在していた。あちらの世界なしに、こちらの世界が存在することなど有り得ないのだから。一つの星のなかには、幾つもの空間があった。その全ての空間に足を踏み入れる人間は滅多にいないだろう。また多くの空間を旅した人間は言うだろう。

「人生なんてのは、ただの悪い冗談だよ」と。

まともに生きる。誰が好き好んでそんなことをする。人生は、笑ったもん勝ちだ。昔も今もこれから先もずっと、日々笑ったもん勝ちなんだ。大きな家や、高い車じゃない。穴のあいた家であろうが、遊びにやって来た風に、せっかくだから焼いた川魚の匂いでも嗅がせてやるかくらいの根性がないんだったら、お前なんかに興味はねえよ。可哀相だって、哀れだって、うだうだ泣くような奴は、大嫌いだね。

「誰か煙草をくれ」試しにそう言ってみた。

煙草の煙で黄ばんだような色をした壁紙だったからだ。しかし室内は禁煙だった。壁紙は所々やぶけていた。黒ずんでいたり、シミのようなものがあったりした。そのシミが人の顔に見えないだけ良かった。

それから体を起こし、いつものように窓際に置いてあるテーブルの上に腰をかけた。窓にはしっかり鍵がかかっていて、部屋の中の空気を入れ替えることは出来なかった。窓の外で気持ち良さそうに木が揺れているのを見て、そっと目を閉じた。風を浴びるのを想像しながら、指先で耳にかかった髪をかきあげた。毛先が流れるように落ちて首筋に当たると、本当に風を浴びたような気になった。

ここには何もなかった。それは、今の私にとってはとても良いことだった。しかし、ルールが幾つもあった。朝は七時半には起きて朝食をとらなければならなかったし、もし寝ていたとしても必ず起こされた。昼食は一二時で、夕飯は六時だった。それまでの空き時間は、曜日ごとにすることがあった。例えば、初日だった水曜日はヨガのようなストレッチをしたし、木曜日はピアノの先生が来て歌をうたった。金曜日は全体生活ミーティングをして、土曜日はお休みをした。日曜日には食堂でカラオケを楽しみ、月曜日は外の世界へ旅立つ為の勉強をした。火曜日はマシンを使ってランニングなどの運動をした。参加をすると、先生からスタンプを貰えた。スタンプは多い方が良い。もし、本気でこの精神病棟から退院したいのならばの話だ。そうでないなら、スタンプなんていらないだろうね。

天国のハラボジへ

もし、目の前で、子供たちが辛い思いをしているのだとしたら。もし、大人たちが持っているプライドを少し捨てることで沢山のことを解決できたとしたら。そうすることで少しでも子供たちの未来が明るい方向へ向かうとしたら。大人は子供の為に努力するべきなのではないだろうか。世の中の差別や不平を訴えることで、もし核心から目を逸らしているとしたら。そうすることで民族意識の強化を促《うなが》しているとしたら。講演会でだって、昔の朝鮮半島の話はしても、現在の問題を話す時には皆、韓国サイドの視点からの歴史問題ばかりだ。都合よく巧みに南と北を混ぜて話をさせて。

朝鮮学校なのだから、私たちは学校にいる限り、最後まで北朝鮮の問題を話し合うべきなのではなかろうか。校内に韓国の大統領の肖像画があるだろうか。ない。そんなものは何処にもない。朝鮮学校に通っているのに、どうして今現在の北朝鮮から目を逸らすのだろうか。学校と政治は関係ないと言われた。だったら、どうして政治的なものが校内にあるの。感謝の気持ちを表しているものだなんて、そんな理由があるか。感謝している人だけ、心で勝手に感謝して、子供たちのために、取り外せば良いじゃない。大人って、ずるいよ。

子供相手に脅迫してくる日本人も、子供が犠牲になっても変わらぬ学校の連中も、いとも簡単に人の命を奪う金の糞独裁者も、みんなみんな、糞食らえだ。ハラボジ、私は、絶対に目を逸らさない。逸らすもんか。会ったことがなくても血の繫《つな》がった家族が北朝鮮にいるんだ。だから、ハラボジ、私は、絶対に目を逸らしたくない。全員を敵に回しても、目を逸らしたくないよ。

でも、ハラボジ、一つだけ教えて下さい。ハラボジは、北朝鮮が良い国だと本気でそう書いたの？　そう書かなければ読まれた時に、危なかったんだよね？　本当は、その目で何を見たの？　手紙を書いていた時、どんな想いだったの？　ジニは、ハラボジの大切な人を傷付けました。私は、ちっとも良い子に育ちませんでした。ハラボジの娘のエリン。エリンの旦那になった、ジニのアッパ。二人に残ったのは、壊れた小さな家族だけです。ご飯も食べず、面会に来る度に痩せていくのが分かります。その背に、疲労、という文字が浮かんで見えます。家族の笑顔を、私は奪いました。ハラボジ、私はどうしたらいい。ニナは、ショックのあまり不登校になりました。今はもう誰とも話をしたがらないそうです。そんなの望んでいなかった。チマ・チョゴリで安全に通えるようになったら良いと、私はそう願っていたのです。天国でこれを読んでいるのなら教えて下さい。私は、何をしてしまったの。私は、どうしたらいい。私が立ち向かうべき相手は、一体何処だったの。誰だったの。間違えていたの？　私は、名前を失いました。もう日本名も、韓国名も、どれも名乗れない。そんな気がしてなりません。戦いたいと願っても、私の決意はまるで火の粉のように揺れ、散っていくような気もするのです。学校のことではなく、大切な人たちのことを思うと、自分のなかに矛盾《むじゅん》を感じます。朝鮮学校は、リスクを抱えても通いたい者のための学校だったのでしょうか。疑問を抱えた人間は、黙って立ち去るしかないのでしょうか。でも、学校に通うリスクって一体なんなのでしょうか。考えれば、考えるほど、私の頭の中は複雑に絡み合い、混乱するのです。だから、今は、もう何もしないと、そう誓います。だけど、忘れる訳じゃない。忘れた訳じゃない。いつか許してくれたら、ハラボジとも、皆とも天国で会えるのかな。そうであって欲しいと願うことを、お許し下さい。

ジニより

時の切れ端

私たちの歴史は、誰もすすんで開かない教科書などではない。私たちの歴史は音楽の中にある。私たちが流した涙は詩の中にある。辺りは闇に包まれ、この惨めな人生は微《かす》かな音を立てることもなく終わるのだろうと思った中でも、唄《うた》うことを、踊ることを、笑うことを決して忘れなかった先祖のその心は、時空を超えて私たちと共にある。その魂《たましい》を受け継いだ私たちが、生きることに懸命である限り、音楽が鳴り止むことはない。私たちの詩は増え続けるだろう。たとえ、大きな変化が訪れようが、私たちの歴史が途絶える日は決して来ない。恐れるな。この世は教科書よりも、芸術で溢れている。

ガミーベアー

ついさっきまで眺めていた夜空が恋しくなり、また外へ出た。
一泊二〇ドルの格安モーテルには、温水プールもジャグジーも付いていなかった。周辺にはレストランやバーもなく、一五分ほど歩いた所にセブンイレブンがあるくらいだった。受付でLサイズのコーラを水のように飲んでいたおばさんは、九時には電気を消して帰ってしまった。全額前払いで、部屋の利用契約書にいの一番にサインさせられた。それさえあれば、客のことなんかどうでもいいらしい。駐車場には、小型トラックと、乗用車が二台停まっていた。あまりの静けさに昨夜は全く寝付けず、朝になったところでようやく眠りに落ちた。

雨はとっくに止んでいた。冷たい風が頬にあたる。雲一つなかった。遠くの方に飛行機が見えた。私は通路の柵《さく》の間に両足を通し、地面に尻をつけて座った。ジーンズが地面に残っていた雨水で濡れたのを感じた。学校の廊下を思い出した。柵の隙間に頭を少し挟むように寄りかかり、私は目を閉じた。深呼吸をすると、自分が誰で、何処にいるのか、ほんの少し忘れられた気がした。宙ぶらりんの足を揺らしていると、本当に宙に浮いているようで、このまま別の惑星へ飛んで行けそうな気さえした。

「寝てるのかい？」

男の声がした。重たい目蓋をゆっくりと持ち上げると、駐車場のトラックの脇に長い髪をした男が立っていた。愛嬌《あいきよう》のある笑顔で、左手に持った袋を私に見せてきた。

「ガミーベアー、君も食べるかい？」

「ううん、いらない」

「いらないの？　困ったな。実は、僕ももういらないんだ」

ガミーベアーは、熊の形をしたグミだ。価値も何もない、ただのお菓子だった。

「ただ君にこのガミーベアーをあげたいんだ。これだけあげたら、またすぐ消えるよ」

私は悩んだあげく、特に微笑みもせず、オッケー、とだけ返事をした。男は、やったー、と駆け足で左手にあった階段を登り、すぐにやって来た。そして、私と同じように柵の間に両足を入れ、尻をつけてぺたんと座ると、陽気に宙で足をぶらぶらさせながら、ガミーベアーの袋をほじくった。まるで幼稚園児のような様だが、顔を覗き見ると私より一〇歳は上に見えた。

「実を言うと、緑色の熊はもう全部食べてしまったんだ。赤でも良いかい？」

「うん、構わないよ。気にしない」

「じゃあ、僕は仕方なく黄色を頂こうかな」

「緑が、一番好きな色なの？」

私は口の中で赤色の熊を嚙み砕きながら訊いた。

「そうさ」

「私も、緑色が一番好き」

「ほらね、気が合うと思ったよ。もっと食べるかい？」

男は言いながら、袋を差し出してきた。私は、男の真似をして袋の中をほじくった。底にあるグミまで全てひっくり返して慎重に覗くと、緑色の熊を一匹、発見した。

「ラッキー、ミー！」私は叫びながら、緑色の熊を男に見せた。

「ラッキー、ユー！」男は驚いた顔をし、嬉しそうに私を見た。男の瞳は、笑うと潰れてなくなってしまった。私は正面へ向き直り、最後の緑色の熊を口の中へ放り込んだ。

「君は、何処へ行くの？」

「何処って？」

「旅の途中じゃないのかい？」

「ううん。明日になったら、家へ帰るよ」

「家族がここにいるの？」

「いや、家族じゃないけど。ホームステイしてるんだ」

「明日には帰らなきゃいけないの？」

「そういう約束だからね」

「そりゃ残念だな。もし良かったら、一緒に来ないかって訊こうと思ったけど」

「何処へ？」

「サンディエゴだよ、カリフォルニア州の」

「サンディエゴは知ってるけど。何しに行くの？」

「動物園に行くんだよ」

「動物園!?　その為に車を何日も走らせて？」

「そうさ、ずっと行きたかったんだ」

「でも、動物園ならそこまで行かなくても、もっと近くにありそうだけど」

「いや、サンディエゴの動物園は別格さ。他のとは比較にならないね。まあ、まだ行ったことはないけど、ホームページを見れば、特別だってことがすぐに分かるよ」

「どうして動物が好きなの？」

「理由なんか単純だよ。動物に悪い奴なんか一匹もいないのさ、ただそれだけだよ」

「悪い奴はいないのかな——喋ったことないから分からないけど」

「じゃあ、訊くけど、君は、ネズミを殺せるかい？」

「ネズミ？」

「そう」

「殺せない」

「じゃあ、鳥は？」

「殺せないよ」

「犬はどう？」

「殺せないってば」

「人は？」

男は、私にそう訊いた。

「人は、殺せる？」

瞳の中を覗き見るような、真っ直ぐな視線で、男はもう一度私に訊いた。私は、男の瞳をじっと見つめ返した。イエスともノーとも言いたくなかった。私がどんな顔をしていたのかは分からない。けれども男は、ごめん、と呟き、私の頭を優しく撫でた。まるで、怪我《けが》をした猫をそっと慰《なぐさ》めるような感じだった。

「僕もだ」男は囁くように言った。

そして、もっと小さな声で、僕もだよ、と、もう一度囁いた。私は、口を閉ざした。

「全部、君にあげるよ」

男は、私に袋を差し出した。私は首を横に振ったが、彼は袋を置いて去って行った。

翌朝八時に、私は部屋を出た。駐車場にはまだトラックが停まっていた。管理人のおばさんは、今日も朝からバーガーとLサイズのコーラを飲んでいた。私は、バックパックを背負い、この二日間綴《つづ》り続けた記憶の断片——ノートブックをしっかりと手に持ち、カウンターの前に立った。部屋の鍵をおばさんに返すと、彼女はふてくされたような無愛想《ぶあいそ》な表情で鍵を受け取り、私の顔を見ずに、ありがとう、と心ここにあらずの返事をした。

別の星

「ここで降ります」

私はタクシーの運転手にそう告げた。何もない山道の途中だった。

「本当にここで良いのかい？」彼は不審そうな顔で尋ねた。

「ここからは少し歩きたいから、大丈夫です」

運転手は、あっそ、と素っ気無い返事をした。会計はチップも含めて全部で三五ドルだった。ろくに遊びに行くこともなかったお陰で毎月五〇ドルは貯金出来ていたが、ここ数日の出費は正直言ってかなりの痛手だ。

ステファニーの家までは、あと歩いて一〇分という距離だった。雨が降っていたけれど、空は明るくて、とても美しく輝いていた。手にはノートをしっかり握っている。もう記憶が逃げることはないと確信しながらも、手にしていないと不安だった。

家の前まで辿り着くと、窓から空を見上げているステファニーの姿が見えた。ブランケットに身を包み、片手にマグカップを持っている。きっと大好きなハーブティーを飲んでいるに違いない。ステファニーは、愛おしそうとも不安そうとも言える表情で、じっと遠くの空を見つめていた。私は庭に足を踏み入れず、しばらく道路に立ったまま、その様子を眺めていた。やがて、人気《ひとけ》のない山の中にぽつんと浮かんだ人影に、目の悪いステファニーも気付いたようだった。

ステファニーの姿が見えなくなると、私はゆっくりと玄関に向かって歩いた。勢いよくドアが開き、ステファニーはまるで何年も会っていなかったかのように優しく微笑むと、とても温かいハグをしてくれた。私は、それでまたニナのことを思い出した。十条駅で私を待ってくれていた、あの時のニナを――。

「びしょ濡れじゃない」

そう言いながら、ステファニーはブランケットを私の肩にかけた。

「大丈夫だよ、オレゴンの雨なんて、とっくに慣れたもん」

「貴方が慣れても、体が慣れることはないわ。風邪をひく前に家に入りましょう」

ステファニーは私の肩を抱きかかえるようにきつく腕を回し、リビングルームに向かった。私がモーテルの部屋からステファニーに電話をした時も、いや、この二日間ずっと、ひどく心配をかけていたのだと気付かされ、胸が痛んだ。

ステファニーは私を椅子に座らせると、真っ先に暖炉《だんろ》に火を点《つ》けた。そして大きなタオルを持ってくると、私の頭の上に被せた。本当に、お母さんみたいだった。

「学校に戻るよ」私は努めて明るい声で言った。

いざ言葉にしてしまうと、なにか吹っ切れたように清々しい気持ちになった。

「あら、あなたらしくないわね。どうして？」

ステファニーも同じような明るい声色で尋ねた。

「口で言うのは難しいな」

「でも、話してくれなきゃ分からないわ」

「じゃあ」と言って少し考えた。

「少し変な話をしてもいい？」

「もちろん。変わった話を聞くのは好きよ」ステファニーはそう言って、また微笑んだ。

「日本にいた時――とても不思議な空間に、旅をしたことがあるんだよ。それは、もちろん、この世に存在している場所だけど、この世界からはすっぽり隠されている場所でもあったんだ。その空間にいた時、よく窓から星を眺めていたんだ。すると、小さな星と出会ったんだよ。その星に、綺麗だね、と試しに声をかけてみたんだ。その星は、私にこう言った。私は宇宙を舞う、ただのゴミよって。どうしてそんなこと言うのって訊くと、人間がそう言ったって言うんだよ。だから、私にも似たような名があるって言ったんだ。どんな名なのって訊かれたから、その星にだけ、こっそり教えてあげたんだ。私の呼び名は、社会のゴミだって。お互いゴミ同士だねって少し笑った後で、その星にまた訊いてみたんだ。宇宙のゴミがそれだけ輝くことが出来るのならば、社会のゴミの私にも輝くチャンスがあるのかなって。すると、星はこう答えたんだ。きっと必ず輝くわって。それからしばらくして眠たくなってね。また明日会おうって一度別れを告げようとすると、星は言った。もう会えないよって。私から見て、その星はその晩とても輝いて見えたけど、実はその星の輝きはとっくの昔のもので、明日にはもう光らないかもしれないって言うんだ。だけど私を落ち着かせるようにして星は続けてこう言ったんだ。明日にはまた別の星が必ず輝いているから大丈夫よ、って。わざわざ私が輝かなくとも、別の星は必ず輝いているから、だから大丈夫なんだ、って」

「つまり、ジニ。あなたは何が言いたいの」

「分からない。だけど、もしかしたら私が頑張って生きなくても良いのかな。ただ身を任せるように生きているだけでも良いのならば、そうでありたい。私は何かをしちゃいけないんだ。何もせず、ただ生きていかなければならない。でも、それで大丈夫なんだ。だって、別の星は必ず輝いているから。上手に影にさえなっていれば、皆はそれで安心するはずなんだ。でも目立った影になってはならない。人目に触れる影になると、また迷惑をかけることになる。今回の二度目の退学のような――」

「ねえ、ジニ」

ステファニーは、囁くように私の名を呼んだ。暖炉の揺れる炎を見ていると、いつかのゲームセンターの明かりを思い出した。

「またその星と会うことがあったら教えてあげなさい。別の星は必ず輝いているだなんて、当たり前だわって」

「え？」

「だって、そうでしょう。一人だけが輝いていても仕方ないもの。光は多い方が良いに決まっているわ。誰かが暗い顔して影になっていれば、世の中は幸せになるのかしら。もし、そうあることで光と影のバランスが取れるんだと言うのであれば、正直言って、あなたとは話も出来ないわ。でも、そうじゃないことは、あなただって分かっているでしょう？」

「……どうだろう」

「ただ、その星は一つだけ正しいことを言ったわね」

「──本当？」

「ええ、人は誰でも、必ず輝く。誰よりも輝いて見える瞬間は、皆にあるわ。あなたにもよ。そして、その瞬間は来なければならない。あなたが、努力して引き寄せなければならないのよ。また影になる為じゃない。逃げたら駄目よ。逃げたら、そこで終わりなの。一度逃げると、癖になって、これから先もきっと逃げるわ」

「だけど、私には過去がくっ付いてくる。それこそ、逃げ場のない過去だよ」

「そうね。過去を変えることは出来ないわ。だから、受け入れるしかないのよ、ジニ」

「──空みたいに？」

「空？」

「今まさに、空が落ちてきたみたいだ」

「空が落ちてきた──ジニは、どうする？」

「私なら、まずトンネルの中へ走ってしまうかもしれない」

「その後は？」

「……真っ暗闇だ」

「何か見える？」

「何も見えない」

「誰かいる？」

「誰もいない」

「ジニ、あなたは、どうする？」

ステファニーは核心に迫るように訊いた。私は、唾を飲み込んだ。体は緊張で固まっていた。言っても良いものか、私が言葉にしても良いのだろうか。ステファニーは、そんな私の心配をよそに、小さく頷き、微笑んだ。強張った体から、力が抜けた瞬間だった。

「——受け入れる、空を、受け入れる」

そう言葉にしてしまうと、ダムが決壊したように涙がどっと押し寄せてきた。私は、頭に被さったタオルに顔をうずめて、赤子のように声をあげて泣いた。

もしかしたら、私は待っていたのかもしれない。いつか、誰かが私を許してくれる日を。落ちてくる空を、それが、どんな空であれ、許し、受け入れることを、誰かに、良いんだ、と、それで良いんだ、と、認めてもらえる日をずっと待っていたのかもしれない。

ステファニーは、両腕で包み込むように私を抱きしめてくれた。その腕の中に身を任せるようにもたれ掛かると、どこまでも続く終わりの見えなかった長旅を終え、やっと家に辿り着いたような、そんな気分になった。

解説

文《ムン》　京洙《ギヨンス》（立命館大学特任教授）

この作品は、在日朝鮮人三世の少女・パク・ジニの孤独な革命の物語である。ジニをとりまく世界の不条理への挑戦と挫折、そして救済が瑞々《みずみず》しい筆致で語られる。著者の崔実《チエシル》は作品の主人公と同世代の在日三世であり、物語は彼女自身の朝鮮学校での経験や米国留学がベースとなっている。

作品は、第59回群像新人文学賞（二〇一六年五月）の受賞をはじめ、第33回織田作之助賞、第67回芸術選奨文部科学大臣新人賞などを相次いで受賞し、日本で高い評価を受けた。群像新人文学賞としては、李恢成《りかいせい》の『またふたたびの道』（一九六九年）、李起昇《イキスン》『ゼロはん』（一九八五年）に次ぐ三人目の受賞となる。

『ジニのパズル』は、千八百六十四篇にのぼる応募作品のなかから、五人の審査員の

全会一致で選出された。審査員の辻原登《つじはらのぼる》は、「素晴しい才能がドラゴンのように出現した」と絶賛した。群像新人文学賞に続いて二〇一六年上半期の芥川賞の候補ともなった。受賞は惜しくも逃したものの、九人の芥川賞の選考委員のうち二人が『ジニのパズル』を受賞作として推し、そのうちの一人（髙樹のぶ子）は、「弾ける怒りと哀しみと焦慮を抱えて彷徨する一個の魂を描いた傑作」だとしている。韓国でもこの作品への関心はたかく、昨年（二〇一八年）八月に日本文学の翻訳出版では定評のあるウネンナム（은행나무）から韓国語に翻訳刊行されている。

一篇の小説は、それ自体が一つの完結した世界を表現している。だから、これに解説を加えるのは蛇足であり、場合によっては作品の真価を損ねかねない。ましてや私自身は社会科学系の研究者であり、この「解説」が一個の文学作品についての行き届いた道しるべとなるかは心許《こころもと》ない。だから、読者には、何はさておきこの作品それ自体を前提抜きで受け止めていただきたい。

とはいえ、その一方で、物語の舞台となる朝鮮学校は一般には馴染みの薄い世界であるうえに、日本でも誤解や偏った理解が少なからずみられる。ネット上には、生半可な知識を振りかざしての偏見や悪意に満ちた書き込みも後を絶たない。補助金カットや無償化対象からの除外など日本の行政の心無い措置ともあいまって、朝鮮学校については、一方的な主張や非難の応酬はあっても、まともな議論は期待できそうにない。

民主化以後の韓国では、南北和解の機運が高まり北朝鮮に対する等身大の理解も深まるなかで、朝鮮学校への関心が高まった。二〇一六年には朝鮮学校に長期取材したドキュメンタリー「ウリハッキョ」（金明俊監督）が、日本という逆境のなかで「民族の魂」を受け継ぎ守ろうとする学生や教師たちのけなげな姿を描いて大きな反響を呼んだ。しかし、こうして韓国社会で新たに流布した「朝鮮学校」像も、やや一面的で必ずしも朝鮮学校が抱える問題や矛盾を掘り下げるものとはなっていない。

日本や韓国でのこうした状況を踏まえ、ここでは、作品の背景となる朝鮮学校の成り立ちや現状を紹介するとともに、在日二世である私のこの作品についての見方を述べて、読者が作品の理解を深めるうえでの一助としたい。

朝鮮学校とは、朝鮮民主主義人民共和国（以下、北朝鮮）の主体《チュチェ》思想を指導理念とする在日本朝鮮人総聯合会（朝鮮総聯）傘下の民族学校をいう。だが、朝鮮学校の歴史は総聯の結成（一九五五年五月）以前に遡り、八・一五光復直後から在日朝鮮人が血と汗で築き守り抜いた幼稚園から大学にいたる体系的な民族教育の拠点であるといえる。

　韓国ではいまだに在日朝鮮人を第二次世界大戦期に日本に強制徴用された朝鮮人とその子孫だとする理解が根強いようだが、実際は、八・一五以後も日本に踏みとどまった六十万人前後の朝鮮人のほとんどは一九二〇～三〇年代に渡日し日本に定着していた朝鮮人たちである。そのうちの三十パーセント余りはすでに日本生まれの二世であり、この二世たちの教育が八・一五直後から在日朝鮮人の切実な課題となった。総聯の前身である在日本朝鮮人聯盟（朝聯、一九四五年十月結成）の一九四七年十月の資料によれば、すでにその頃には、初等学校が五百四十一校（生徒数五万七千九百六十一人、教員数千二百五十）、中等学校が七校（生徒数二千七百六十人、教員数九十五人）、その他青年教育や幹部教育のための「高等学院」や「青年学院」が三十校（生徒数二千百十二人、教員数百六十人）という、民族教育の体系が築かれていた。

　朝鮮学校は、設立間もない頃から「阪神教育闘争」として知られる、大きな試練に直面しなければならなかった。国際社会や朝鮮半島での冷戦的対立が激化した一九四八年、当時の占領軍（GHQ）は朝鮮学校の閉鎖措置に乗り出し、これに反対する朝鮮人と当局との衝突が各地で起こった。抗議運動が最も激烈に闘われたのが神戸と大阪であった。四月二十四日、神戸では「非常事態」が宣言され、二十七日までに日本人を含む千六百六十四人が検挙された。一方、大阪では二十六日、学校閉鎖に抗議する三万人の集会とデモに対して警察が発砲し、当時十六歳の金太一《キムテイル》が死亡、二十七人が負傷した。

学校閉鎖という受難を経た朝鮮学校は、公立学校やその分校として教育内容に著しい制約を受けるか、無認可の学校として存続する以外になかった。だが、こうした冬の時代にも在日朝鮮人の民族教育への熱意は冷めることはなかった。朝鮮総聯が結成される頃には日本政府の干渉を受けない自主学校（学校教育法にいう各種学校として認可を受けた私立学校）への転換が進められ、一九五六年の朝鮮大学校の創設に続いて、五七年には朝鮮から最初の教育援助費、約一億二千万円が送付される。ジニの親戚のおじが「結局、救いの手を差し伸べてくれたのは北朝鮮の方だった」と語るのはこのことを指している。この頃の韓国政府の在日朝鮮人への施策は「棄民政策」として非難されるような冷淡さを含んでいた。

一九五〇年代末には朝鮮への帰国運動が高揚し、一九六一年までに七万人余りの在日朝鮮人が北朝鮮に渡った（一九八四年までに日本人妻など日本国籍の者も含めて九万三千人余りが北朝鮮に渡った）。ジニのハラボジもこのときに帰国している。厳しい差別と貧困に苦しんでいた在日朝鮮人には、当時の朝鮮はめざましく発展する〈千里馬の国〉、〈地上の楽園〉としてアピールされていた。朝鮮学校もふたたび全盛期を迎え、一九六〇年には、学校数三百七十一校、学生数も四万六千人余りに達して、わずか五、六校で学生数も二千人ほどに過ぎなかった白頭学院（建国高等中小学校）など非総聯系の民族学校を圧倒していた。

朝鮮学校での教育内容は、朝鮮の社会主義建設に忠実な「共和国公民」の育成をはかるものとされたが、朝鮮で金日成《キムイルソン》・金正日《キムジョンイル》の排他的な指導体制が確立するにつれて極端な指導者崇拝を学生たちに植え付けるような内容に変わっていく。さらに、一九六五年の日韓基本条約の締結、韓国の経済発展と民主化、社会主義体制の崩壊による冷戦の終焉《しゅうえん》などを経た頃には、朝鮮の経済停滞と貧困、甚だしい人権抑圧の実態が日本にも伝えられるようになる。「苦難の行軍」といわれる一九九〇年代の飢餓の時代には、在日朝鮮人帰国者の多くが疾病や飢餓によって犠牲となり、ジニのハラボジも悲劇の死を遂げたことが示唆される。そもそも在日朝鮮人は朝鮮でも差別や嫉妬の対象であったが、北への多額の送金をいとわない親族が日本にいる場合は、厚遇され日本への出国も許された。まさにその地はジニの表現を借りれば「人の命をお金と交換できる」国となっていた。

かつてのように理想郷としてのイメージを朝鮮と重ね合わせる在日朝鮮人はいまでは少ない。そもそも日本の植民地支配に由来するいわゆるオールドカマー（韓国・朝鮮・中国〈台湾〉籍の特別永住権者が大部分）は二〇一五年時点で約三十四万人にまで減少し、その多くが日本国籍を取得した（三十六万人余り）。朝鮮総聯の全盛期であった一九六〇年の朝鮮籍保有者は約四十三万人で在日朝鮮人全体（五十七万人）の七十五パーセントを占めていたが、いま（二〇一五年末時点）では約三万四千人にまで減っている。朝鮮学校の児童・生徒数も、二〇〇二年から初等・中等学校で金日成・金正日の肖像画を撤去するなど時代に適応しようとする努力がみられるにもかかわらず、減少の一途を辿り、現在では五千人前後と推定される（二〇一五年時点）。

ジニが朝鮮学校の中等部に入学した一九九八年、朝鮮は初めてテポドン（弾道弾）

を発射している。作品はこれをめぐって渦巻く日本社会の悪意や反感が背景となっている。この頃ではまだ一万五千人ほどの生徒・児童が朝鮮学校に学び、金日成親子の肖像画も健在であった。作品では、この一九九八年と前後する十年余り、すなわちジニの日本の小学校時代から朝鮮学校での〈革命〉をめぐる顛末を経て米国での高校生活に至るまでが描かれる。

物語は、いまにも退学が言い渡されそうなオレゴン州の高校での生活から始まる。泣こうと叫ぼうと「見えない」存在のジョンや大好きな聴覚障害のマギーのこと、ホームステイ先の著名な絵本作家のステファニーとの禅問答めいたやりとり。学校という「残酷な」装置や制度への救いがたい違和感のなかで、イギリスのロックバンドを聴きながら「目の前を行きかう靴を眺める」のがジニの日課だ。ステファニーはそんなジニを温かく受け止める。「空が今にも落ちて来そうだ」というジニにステファニーは「その時には空を受け入れましょう」と諭す。このやりとりから、落ちてくる空を受け入れることの出来なかった「あの時」のこと、「人生の歯車が狂い始めた」「五年前のこと」が語られ始める。

ジニは、日本名で通した日本の小学校を経て「東京で一番大きな朝鮮学校」に入学した。日本学校では、ジニと同じような変わり者で「勝手な親近感を抱いていた」級友に「汚い手で触らないでよ」と拒絶されたりしている。朝鮮学校では日本語は禁じられ、団体での行事が多く、「全校生徒が運動場で、円を描くように行進したり」する。ジニにはそういう朝鮮学校に一向に馴染めない。馴染もうとすらしない。さらに教室の正面に飾られた金日成・金正日の肖像画、それはジニにとって「異様」で「気持ち悪」くさえある。

物語の文脈から離れて朝鮮からの手紙が所々に挟み込まれる。朝鮮は「とても住み心地が良い国だ」と書いていた母方のハラボジが病院にも行けずに亡くなったことが、ジニの母とは「腹違いの姉妹」の手紙に記されて、肖像画の国の悲惨が暗示される。一方で収容所に入れられた家族を、大金を使って奇跡的に日本に呼び戻したという話に、ジニは「北朝鮮では奇跡が起これば、人の命をお金と交換できる……間違いだ！……教室にある肖像画は間違い」だという思いに駆られる。

そんなおり、テポドンが発射され、体操着での通学を指示した学校からの連絡がジニには届かず、チマ・チョゴリ姿で冷たい視線に晒《さら》されながら満員電車で揉みくしゃにされる。下車してふと立ち寄ったゲームセンターでは、警察を名乗る中年男性三人から「朝鮮人ってのは、汚い生きもの」と言葉を浴びせられ、屈辱的な暴行を受ける。ひどいショックでしばらく家に引きこもった後、ジニは「最初で最後の革命」に打って出る。「ロリコン教師」や淡い恋心を抱いたジェファンたち級友の面前で肖像画を引き下ろして「一気に振り落とし」、「ガラスの板が割れて」、「金正日はようやく生身の姿に」なる。肖像画は、ただちに排除する。北朝鮮は……金政権のものではない。私たちは、人殺しの生徒ではない。「北朝鮮は、ただちに排除する。北朝鮮の国旗を奪還せよ」と叫び、「肖像画を二枚とも（四階の教室のベランダから）思い切り外へ放り投げた」。

ジニは天国のハラボジに誓いをたてる。

「子供相手に脅迫してくる日本人も、子供が犠牲になっても変わらぬ学校の連中も、いとも簡単に人の命を奪う金の糞独裁者も、みんなみんな、糞食らえだ。ハラボジ、私は、絶対に目を逸らさない。逸らすもんか。会ったことがなくても血の繋《つな》がった家族が北朝鮮にいるんだ。だから、ハラボジ、私は、絶対に目を逸らしたくない。全員を敵に回しても、目を逸らしたくないよ」

ジニの〈革命〉は玉砕に終わる。ジニは「ある空間」（精神病棟）に収容され、家族は笑顔を失い、親友は「ショックのあまり不登校になり」、「私は、名前を失」う。だが、ステファニーだけがそんなジニを受け止める。ステファニーのこの温かい「許し」と「受け入れ」によって、ジニは「どこまでも続く終わりの見えなかった長旅」をようやく終えることが出来た。

小説の良し悪しは、個人の内面と世界との不和、個人が直面する社会（世界）との折り合いのつけがたさを、読者が真に共感できるような仕方で提示出来ているのかどうかにかかっている、と私は考えている。『ジニのパズル』は〈在日朝鮮人三世〉の実存に仮託しつつ、そうした個人と世界との解きがたい不和を卓越した技量で描いた傑作であるといえる。

ジニのような在日三世にとって、世界はまさに不条理に充ちているだろう。それは単に日本社会のレイシズムや差別が根強いということだけではない。それに抗して生まれたはずの組織や国家、そして教育の現場までもが耐えがたい不条理に満ちているのである。外には「子供相手に脅迫してくる」ようなレイシストがあふれ、そういう悪意から子供たちを庇護《ひご》するはずの朝鮮学校では「糞独裁者」が崇められ、「子供が犠牲になっても変わら」ない、こと無かれ主義がはびこっている。こういう板挟みの重圧のなかでジニの〈革命〉の矛先は後者に向かう。そこには当然、異論があるだろう。ジニの攻撃は、日本の植民地主義やレイシズムに加担することにほかならない、と。

社会の大きな矛盾や抑圧に抗《あらが》おうとするとき、抵抗する側にもさまざまな矛盾や抑圧を生んでしまう、というのは人びとが常に陥ってきたディレンマでもある。朝鮮学校の問題に引き寄せていえば、これを攻撃する心ないレイシストたちに、民族教育を守ろうとする心ある日本人や在日朝鮮人が対抗している。だが、民族教育を擁護する善意の人々の中で朝鮮学校が抱える矛盾や問題をあげつらうことはほとんどタブーといってよい。北朝鮮の指導体制に直結する朝鮮学校の意思決定や運営方式を批判することは、場合によっては、朝鮮学校を敵視する「右翼」や「反動分子」と同列にみなされかねないのである。『ジニのパズル』についてもそうした心ない非難の書き込みがSNS上で飛び交った。朝鮮学校をめぐるこの敵か味方かの択一的な状況が、在日の民族教育をめぐるまともな議論を難しくして状況をますます悪化させているように私には思えてならない。

『ジニのパズル』が、そういう私たち在日朝鮮人が民族教育をめぐって陥ったパズルを解く突破口になれば、と願ってやまない。

＊この解説は「女性・戦争・人権」学会機関紙『女性・戦争・人権』15号（二〇一七年八月）に掲載したエッセイ「在日の解けないパズル」をもとにこれに大幅な加筆・修正をしたものです。

本書は二〇一六年七月に小社より単行本として刊行されました。

|著者| 崔 実（チェ・シル） 1985年生まれ、東京都在住。
2016年、本作で第59回群像新人文学賞、第33回織田作之助賞、第67回芸術選奨文部科学大臣新人賞を受賞。

ジニのパズル
崔《チエ》 実《シル》

2019年3月15日第1刷発行

発行者——渡瀬昌彦
発行所——株式会社 講談社
東京都文京区音羽2-12-21 〒112-8001
電話 出版（03）5395-3510
販売（03）5395-5817
業務（03）5395-3615
Printed in Japan

講談社文庫
定価はカバーに表示してあります

デザイン—菊地信義
製版———凸版印刷株式会社
印刷———凸版印刷株式会社
製本———株式会社若林製本工場

ISBN978-4-06-514764-1

講談社文庫刊行の辞

二十一世紀の到来を目睫に望みながら、われわれはいま、人類史上かつて例を見ない巨大な転換期をむかえようとしている。

世界も、日本も、激動の予兆に対する期待とおののきを内に蔵して、未知の時代に歩み入ろうとしている。このときにあたり、創業の人野間清治の「ナショナル・エデュケイター」への志を現代に甦らせようと意図して、われわれはここに古今の文芸作品はいうまでもなく、ひろく人文・社会・自然の諸科学から東西の名著を網羅する、新しい綜合文庫の発刊を決意した。

激動の転換期はまた断絶の時代である。われわれは戦後二十五年間の出版文化のありかたへの深い反省をこめて、この断絶の時代にあえて人間的な持続を求めようとする。いたずらに浮薄な商業主義のあだ花を追い求めることなく、長期にわたって良書に生命をあたえようとつとめるところにしか、今後の出版文化の真の繁栄はあり得ないと信じるからである。

同時にわれわれはこの綜合文庫の刊行を通じて、人文・社会・自然の諸科学が、結局人間の学にほかならないことを立証しようと願っている。かつて知識とは、「汝自身を知る」ことにつきていた。現代社会の瑣末な情報の氾濫のなかから、力強い知識の源泉を掘り起し、技術文明のただなかに、生きた人間の姿を復活させること。それこそわれわれの切なる希求である。

われわれは権威に盲従せず、俗流に媚びることなく、渾然一体となって日本の「草の根」をかたちづくる若く新しい世代の人々に、心をこめてこの新しい綜合文庫をおくり届けたい。それは知識の泉であるとともに感受性のふるさとであり、もっとも有機的に組織され、社会に開かれた万人のための大学をめざしている。大方の支援と協力を衷心より切望してやまない。

一九七一年七月

野間省一